U0507145

此情可待成追忆

最深情的 40 首古诗

陈忠涛/著

首都经济贸易大学出版社
Capital University of Economics and Business Press

图书在版编目（CIP）数据

此情可待成追忆:最深情的 40 首古诗/陈忠涛著. —北京：首都经济贸易大学出版社，2015.7

ISBN 978 - 7 - 5638 - 2310 - 9

Ⅰ. ①此…　Ⅱ. ①陈…　Ⅲ. ①古典诗歌—诗歌欣赏—中国　Ⅳ. ①I207. 22

中国版本图书馆 CIP 数据核字（2014）第 296745 号

此情可待成追忆:最深情的 40 首古诗
陈忠涛　著

出版发行　首都经济贸易大学出版社
地　　址　北京市朝阳区红庙（邮编 100026）
电　　话　（010）65976483　65065761　65071505（传真）
网　　址　http://www. sjmcb. com
E – mail　publish@cueb. edu. cn
经　　销　全国新华书店
照　　排　首都经济贸易大学出版社激光照排服务部
印　　刷　北京泰锐印刷有限责任公司
开　　本　880 毫米×1230 毫米　1/32
字　　数　192 千字
印　　张　7. 5
版　　次　2015 年 7 月第 1 版　2015 年 7 月第 1 次印刷
书　　号　ISBN 978 - 7 - 5638 - 2310 - 9/I · 34
定　　价　23. 00 元

图书印装若有质量问题,本社负责调换
版权所有　侵权必究

只为深爱,不言其他

燕归来/文

应忠涛之邀,为他的两部新书——《此情可待成追忆:最深情的40 首古诗》和《人生自是有情痴:最动人的40 首婉约词》作序,这是他的又一系列的倾心之作。接到他的邀请我是惶恐的,因我不是文化圈里的人,也从没发表过什么像样的文字,而给一本书作序是极其重要的事,直接影响到读者在阅读前对这本书的判断,我这样粗劣的文笔怎么能胜任呢? 我说:"鱼(我一直叫他鱼),我怕写不好,你应该找个有名气的作家为你的作品增色。"他说:"用心就好,你最懂我。"我感动于这份信任,更因了这句"懂我"而大胆地谈一点我对这两本书的感想,以及我所认识的陈忠涛其人。

认识忠涛已经好多年,从他的第一部作品《痛爱:我在古诗词中等你》出版到现在,我一直在默默地关注着他,看着他一步步走来,看着他付出的艰辛和努力,也感受着他的孤独和寂寞。忠涛说得没错,我是最懂他的人,他的每一部作品我都会细细地读,而他每一部作品的完成,我都是他的第一个读者,我会从一个读者的角度给他一些建议,然后看着他在诗词赏析这条路上越走越远。

有一种爱无法放手,这种爱就是忠涛对文字的挚爱和对古典诗词的痴爱,他就像一个单纯的孩子,把自己放在那些唯美的诗词当中,有的时候与其说他在完成一部作品,不如说他是在自言自

语，跟浮华的声名无关，跟个人的利益无关，也跟创作无关，他写的只是他的心。在这个纯文学日渐冷落的时代，他一直坚持着，坚持着内心的方向，做一个文学领域的麦田守望者。花开不为蝴蝶来，只为绽放自己的色彩，他坚信美好的文字一定会打动人，一定会有一些喜欢这些文字的人愿意来聆听他的喃喃自语，就比如此时的你我。

忠涛的这两部作品，具有一定的文学价值，融知识性与欣赏性于一体，参考了大量的资料，做了细致的研究，有很多与众不同的见解。若细读和比较，你会发现他对每一首诗词解析的角度常和其他的学者有所不同，甚至推翻了一些权威的说法，呈现给读者他自己独特的见解。在这里，他充分发挥了一个诗人的想象力。他说，诗词的解析不能单单看表面，更要根据它的时代背景和作者当时所处的心境去猜想更深层次的东西，有些暗藏的隐喻你必须走进作者的心里才能够理解。比如他在解李商隐的诗的时候，把李商隐情诗中所思所想的那个初恋情人认定为宋华阳，当然这不是没有根据的，他在书中做了大量合理的推理和分析，甚至他能把二人幽会的情景非常鲜明生动地再现出来给读者看。再比如，他在解李煜的词的时候，根本就没有把他看作一个皇帝，而是把他平民化，让我们看到了一个男人再普通不过的一面，有优点也有缺点，有多情浪漫的情怀，也有喜新厌旧的习性。忠涛以为，这是人性的弱点，谁也不会例外。他还常常把现代诗歌引进来，用现代诗歌的柔美浅显衬托古典诗词的雅致清丽，别具一格，达到了一种古今结合的艺术效果。几乎每一首诗词的背后都有一段爱情故事，有时候让人觉得这不仅仅是一部散文体的诗词赏析读本，更像一个个篇幅短小的言情小说集，非常生动有趣。

读忠涛的书，会发现他有一颗悲悯的心，他常常会为才子佳人的凄美爱情而暗自流泪，尤其对李清照、朱淑真、鱼玄机、苏小小等这样命运多舛的女子，他更是怜惜。这些玲珑通透、清纯可爱的女子，生在那样的年代，纵然心性高傲，才艺超群，冠绝群芳，却终免不了流离失所、凄凉孤苦的命运。她们是历史画卷里怒放的花，爱情诗歌里出尘的莲，在忠涛的笔下，她们是婀娜多姿惹人怜爱的，忠涛与她们，可算是隔世的知己。

男人的温柔和深情是女人无法抗拒的，忠涛笔下的李煜是那样的男人，柳永是那样的男人，温庭筠是那样的男人，纳兰是那样的男人，李商隐是那样的男人，晏小山是那样的男人……他自己更是那样的男人。他常常说：一个人的内心深处总有一处是柔软的，总有一个地方盛满了泪水，盛满了感动，盛满了深深的爱。打开《此情可待成追忆：最深情的40首古诗》和《人生自是有情痴：最动人的40首婉约词》这两部书，爱情的魅力跃然纸上，情丝缕缕爱意绵绵，会让你相信任何年代爱情都是存在的，真爱都是神圣的。只要爱过，人生就没有遗憾，"天长地久有时尽，此恨绵绵无绝期"，爱不是自私地拥有，而是"你若安好，便是晴天"。

忠涛曾写过这样一段话：盛大的世界，我们只是一粒微尘，而遇到另一粒微尘是多少亿分之一的机会呢？所以从那第一次的碰撞开始，就注定了彼此的深陷，谁也无法回头。是啊，人世间的情都是因缘分而起，遇到了便不能放手，能够倾其一生地去爱一个人也算是一种幸福吧。要知道，很多人一辈子都没经历过爱情。在我们想去爱一个人的时候,在我们能去爱一个人的时候,就义无反顾地去爱吧。生命很短,不能使其华美就让它变得丰盈吧。

我们不难看出忠涛在这两本书中倾注的心血,每一本书都像是他的孩子,需要经历十月怀胎的艰辛、一朝分娩的阵痛,最终才能跟读者见面。在我认识他的这几年里,他出版了大量的作品,用呕心沥血来形容他的创作态度是毫不为过的,他现在一身的伤病,但每天还是在坚持阅读和写作,我曾劝过他改变写作的方向以迎合大众,往畅销书方面靠拢,但是他不肯,他固执地坚持内心的挚爱,志在研究古典诗词的精髓,就算没有人看他也要写。他说:"不管这条路能走多远,我都不会放弃,我会坚持自己的风格继续写下去。坚持自己的风格本身就是一种风格,不管发生了什么,我的阅读和写作都会继续,我手写我心。"

忠涛的《此情可待成追忆:最深情的 40 首古诗》和《人生自是有情痴:最动人的 40 首婉约词》这两本书的重点都在一个"情"字。问世间情为何物,直教生死相许。爱情是个永恒的话题,从古自今有多少人为情消得人憔悴,又有多少人为情所伤为情所困,一寸相思一寸灰。忠涛把爱情看得非常透彻,分析得精致深刻,不能说他是个爱情专家,至少他是个懂爱的人,在他单薄的身体里有着一颗柔软的心。他对自己初恋的女子,同样爱得伤痕累累不能自已,因为自己内心的伤口更能让他体会到古人的伤痛,也更让他的文字充满无尽的感伤。我们读书中的那些诗词,其实就是在读他,因了这份共鸣与惺惺相惜,他才能够把那些情诗情词诠释得如此淋漓尽致。

忠涛的文字委婉旖旎,异常唯美,他能把你带入一种境界,引起你无尽的遐想，于诗词变幻中讲述古代痴情男女们不为人知的内心世界，既不夸张，又不死板，通俗优美，洒脱随意，自然流露内心的思绪。这两部作品，抒情赏析于一体，处处体现创新，绝不蹈前人覆辙，自成一格，有着鲜明的个人特色，你既可以像玩味诗词一样去品读它，更可以像读猎奇爱情小说一样去挖掘、探索它。合上书本，那些伤情的场面，会像电影一样在你脑海里一一浮现。值得一提的是，作者不是为了解诗词而解诗词，而是通过一首诗词的背后故事讲述一段人生故事，既满足了读者对诗词本身鉴赏的需求，也满足了读者对诗词背后的历史故事甚至野史掌故的了解，字里行间全无古诗词的晦涩难懂，更没有学院派学者严肃压人的气势，可谓气韵流畅，鲜活生动。这就是忠涛的过人之处，在缓慢委婉的叙述中带你走进美妙的情感世界，字字入心，句句动情。

读书是一种享受，尤其是读一本好书，而什么样的书才算得上是好书呢？什么样的书才是值得我们花费时间和精力去阅读的呢？最近在《读者》杂志上看到一篇文章，讲的是关于应该读什么样的书的心得体会，文中引用了林语堂的一段话：这个世界上没有一本书是人人必须阅读的，只有在某时、某地、某一个年龄中必须读的书。作者还把书籍比喻成食品，分为主食、美食、蔬果、甜点。那么忠涛的这两本书属于哪一类呢？我觉得应该是有益于我们身心健康的蔬果类，在繁忙的生活之余，坐下来，泡上一杯茶，慢慢地翻上几页，心灵会变得澄澈宁静，那些纷纷扰扰、尔虞我诈、功名利禄便都不复存在了。我们要感谢忠涛给我们这么好的精神食粮，让我们的心灵能寻到一处清静之地，使我们的身心得到修养和调节，让我们用更多的真情和

爱去温暖这个世界,温暖世界上的每一个人。

最后祝愿忠涛的这两部书发行成功,并祝他在未来的日子里能为大家奉献出更多更好的作品。

目　录

1

求之不得

关关雎鸠，在河之洲。窈窕淑女，君子好逑。

参差荇菜，左右流之。窈窕淑女，寤寐求之。

求之不得，寤寐思服。悠哉悠哉，辗转反侧。

参差荇菜，左右采之。窈窕淑女，琴瑟友之。

参差荇菜，左右芼之。窈窕淑女，钟鼓乐之。

——《诗经·周南·关雎》

这首诗，到底是什么诗，自古以来没有定论，有多种不同的说法。有人认为它是歌颂后妃之德，也有人认为它是讽刺康王晏起的。我搞不明白，这么多所谓的专家为什么就是喜欢从发黄的故纸堆里找一些典故和历史的遗迹来解诗。

在我看来，它就是一首男女的恋歌。宋朝以前，没有理学家们"存天理，灭人欲"的伦理观，男女的恋爱是平常之事。《诗经》产生的时代，春天的时候，男女如果一见钟情，两人私奔了，"奔者不禁"。如果不是在春天的时候，两人私奔了，那会遭到父母或长辈的斥责。可见那时，男女相爱还是非常自由的。

这首诗，国人中就算没有几人能背下全首，但"窈窕淑女，君子好逑"这句，估计尽人皆知。我一直被《诗经》中的爱情诗所深深打动。这些诗歌，情真意切，让人叹服。这些诗歌都是"纯任性灵"之作，没有丝毫的做作，真切自然地抒发了先人的情感。这一点，值得我们一些现代的诗人反思。

古人言：诗，人之性情也。这话可谓一语中的。可惜很多现代的诗人却忘了这点。袁枚在《随园诗话》中这样说："杨诚斋曰：'从来天分低拙之人，好谈格调，而不解风趣。何也？格调是空架子，有腔口易描；风趣专写性灵，非天才不辨。'余深爱其言。须知有性情，便有格律；格律不在性情外。三百篇半是劳人思妇率意言情之事，谁为之格？谁为之律？而今之谈格调者，能出其范围否？"袁枚说得相当有道理。

这首诗是来自民间的情歌，民间的情歌唱出的只是普通人对生命的一些体验和感受。

爱情，应该是诗词中永远都不会枯竭的主题。这是人世间最为永恒的存在。男大当婚，女大当嫁，多么天经地义的事情，可惜，总有人喜欢板起脸来，去钻牛角尖，指责这些诗"淫"。美丽的爱情诗，被他们一解，就失去了情趣和味道。终究，还是孔子聪明，他说："《诗》三百，一言以蔽之，曰：'思无邪。'"

没有了单纯的执意，谁能拥有天长地久的爱情？关于爱情，关于真爱，我们只剩下远远地观望，为那些流传至今的美丽故事而默默感动。在远方，曾经的过往，别人的爱情细微而具体，缠绵而永存。聂鲁达说：我愿用春天，换取你注视我的眼睛。可是，《关雎》中的男子跟我自己一样，是多么的悲痛莫名。因为，即使用尽我们所有的春天，也换不来那人在灯火阑珊处的回眸一笑。但这般一往情深，执意得让人心疼。

　　"关关雎鸠，在河之洲。窈窕淑女，君子好逑。参差荇菜，左右流之。窈窕淑女，寤寐求之。求之不得，寤寐思服。悠哉悠哉，辗转反侧。参差荇菜，左右采之。窈窕淑女，琴瑟友之。参差荇菜，左右芼之。窈窕淑女，钟鼓乐之。"这首诗写出了一颗思念的心是何等的急切，以及求之不得后的落寞情绪。

　　这首诗可以这样意译：在那河中的小洲上，水鸟和鸣高声唱。美丽、温柔而善良的姑娘，可以成为我的对象。荇菜短长不很齐，左右我都可采摘，那美丽、温柔而善良的姑娘，我日夜把她想。一心一意地追求她，却得不到她的回应，于是，我更加想念她。我心里忧思难遣，在床上翻来覆去把她想。荇菜长短不齐，左右都可把它采。美丽、温柔而善良的姑娘，我要向你弹琴鼓瑟表达我的爱。荇菜长短不齐，左右都可把它采。美丽、温柔而善良的姑娘，我想敲钟击鼓给她欣赏。这么一翻译，我们就知道，这里诗人所做的一切都是为了讨得这个女孩子的欢心。

　　"关关"，水鸟的和鸣声。注意，既然是和鸣，就不是一只鸟在唱。这里应该是两只鸟在互相附和着歌唱，其实，就是我们常说的"夫唱妇随"般的美好和和谐。这里本身就有一种恩爱不移的意象。"雎鸠"，鸟名，有人解释为雕类猛禽；又有人解释为王雎，似凫雁。反正，大家知道这是一种鸟就行了。

　　"河"，有专家非要把它解释成黄河，这让我很不喜欢。诗词，有的时候不需要解释得那么确切，让人失去了想象的美好。"洲"，河中的小滩。"窈窕淑女"，是美好、温柔而善良的女孩。"君子"，这里指品行高尚的男子。"逑"，伴侣或配偶的意思。

　　美好、温柔而善良的姑娘，是多少男子心中的梦想，如果有这样的姑

3

娘，男子怎能不日夜渴望呢？

有人问我，遇到让你动心，并为之异常心痛的姑娘了吗？我答遇到了。我们每个人的一生，总是会遇到一个这样的人，但这个人，我们未必能拥有。有的时候，站在远处远远地观望着她，为她祝福，虽然有一点心痛，但至少可以证明，这爱是一直存在的，且永远存在。一直存在到我们失去呼吸。

从这句"关关雎鸠，在河之洲"来看，当是河中双宿双飞的水鸟，惊起了诗人的春心。哪个少女不怀春，哪个少男不多情？但在这个时候，他们还尚未懂得什么是爱情。这个时候，总是忍不住地去想一个姑娘，但又为这个姑娘心里有没有自己而感到异常煎熬。爱情，不过是我们在内心里的一次精神旅行。

"参差"，长短不齐。"荇菜"，水生植物，夏开黄花，嫩叶可吃。"流"，选择或采的意思。"寤寐"，日夜。"求"，应该是思念和想念的意思。

我们爱不爱一个人，我们自己是可以知道的。如果在你的脑海中，在你的心中，有一个人每时每刻都存在，这就已经证明了这个人在你生命中的重要性，你应该是非常爱这个人的。就像我自己，心中有一个人一直存在，每时每刻存在，即便我不再同她说话。而写这首诗的诗人，他也在日夜思念着这个姑娘。

为什么这里要写"参差荇菜，左右流之"呢？我觉得，就是为了衬托窈窕淑女求之不得的焦虑心态。

这些出自心灵的诗歌，有着一种无瑕的纯净和情深一往的执意，仿佛清晨那一滴从绿叶之上坠下的露珠。这种诗句，专注于情，不需要雕琢，情真意切到了极致，读来让人心痛。美丽的少女，悄然而完全占据了倾慕

者的心灵，并且这个倾慕者还是一个诗人，所以，这个倾慕者必定要放声歌唱。

此时，诗人一定会认为，这个姑娘是他一生要去呵护的珍宝。但是，事实未必会像我们的愿望一样能够达成。这些诗句非常单纯，意义也质朴平实，却因为吟咏者自己的深情而获得了耐人寻味的意义。只有这个姑娘，是他今生的追索，让他流连于无数个深夜白天，在思念中跌跌撞撞，孤独无边。

爱情里，有专心致志、一心一意和情深一往，有且行且惜的坚持，有仔细思量的回味，有温柔的全心付出，有牺牲精神和爱人如己。爱情，是一场寻宝的探险之旅，道路漫长，险阻重重，无数的曲折在前方波澜起伏，怀着对她一往情深的心，他一步一步走在这条"求之不得，寤寐思服"的道路之上。

爱情是他们的理想，怀着这种理想他们前行，不怕风雨飘摇，不怕历经艰辛，他们去翻山越岭，要用自己这颗炽热的心去和另外一颗同样炽热的心来一个满怀的拥抱。就像胡淑芬说的：在古代，我们不发短信，不网聊，不漂洋过海，不被堵在路上。如果我想你，就翻过两座山，走五里路，去牵你的手。

可是，至少在这首诗中，在这个时候，诗人还没能牵到这个姑娘的手。所以，才有"求之不得，寤寐思服。悠哉悠哉，辗转反侧"。

"求之不得"句，最让人无奈了。但这里，没有那种刻骨的哀痛。所以孔子说，《关雎》乐而不淫，哀而不伤。

求之不得，是人世间最为无力的挫折吧。因为，所有的困难，都难不过爱情。最为无力的是自己爱，而另外一颗心无动于衷，或彻底离开。这个世界，最难的就是得到一个人的心吧。在自己的深情催驱之下，苦苦而

努力地追求，自己的心牵牵绊绊，看似深情，实则是一种自欺欺人。

我知道，当一个人离去了很久之后，还一直站在回忆中，对往事中的那个人不舍不弃，看似是一种痴情，或是对爱情的坚守，其实，不过是对自己的不舍罢了。这种不舍是自己内心对付出之后无法得到的不平或不安，是想对自己所有用心而认真的付出，寻找一个可以交代的借口。

思"服"，思念或想念。"悠哉悠哉"，忧思难消或忧伤难遣的意思。"辗转"，心有所思，睡不安宁。"琴瑟友之"句中的"友"，应该是友好或亲近的意思。"左右芼之"的"芼"，是选择或采摘的意思。"钟鼓乐之"中的"乐"，是喜乐的意思。

这句"求之不得，寤寐思服。悠哉悠哉，辗转反侧"，总是会让我想到仓央嘉措的一首情歌："自从看见了那姑娘，夜间就为她失眠了，因为白天未能亲近，真是叫人万念俱灰。"这是一颗心沉陷在夜晚深处的无力自拔，又是一种沉陷于没有方向的寻找当中的迷茫。

当一个人的脸被楔入了我们的脑海，当一个人的名字被嵌入了我们的心里，想把她忘记谈何容易？那个求之不得的姑娘，在这个深夜就成了悬而未决的牵挂，又在深夜的灯火里线条清晰。最先浮上脑海的是那靓丽的容颜，辗转无寐尤其加重了那种有些许失望的情绪。有一种无从逃避的理由，让诗人紧紧抓着思念这缕越来越细、越来越长的线。

执迷于忧伤的思念，也许更让人疲惫不堪。这种渐渐成长的苦痛，从在人群中多看了你一眼开始。就像王菲唱的那样："只是因为在人群中多看了你一眼，再也没能忘掉你容颜。梦想着偶然有一天再相见，从此我开始孤单思念。想你时，你在天边；想你时，你在眼前；想你时，你在脑海；想你时，你在心田……"

彻夜无眠的人，被思念紧紧牵在手里，让这个人远离生机，接近灰烬。这样的情思并不比幸福更为暗淡，这种"求之不得，寤寐思服。悠哉悠哉，辗转反侧"的经验早已深刻在每一颗心里，获得了与血液同等的价值。翻来覆去的失眠，占据了一个个的漫漫长夜。对于一个思念的人来说，谈相思说相思，相思说出知不知?

虽然这首诗没能彻底交代这段爱情的结果，但我相信，在每一个爱过或即将爱的人心里，都存在着这样的忍受或努力。而在灯下的人，几乎都是在寂寞和思念中慢慢地耗尽自己的情感，消磨着自己的时光。

时光如风吹过，生命不过就是一盏微弱的灯火，渐渐熄灭。而那颗在悲欢离合中浮浮沉沉的心，要忍受多少折磨，我们谁都不会知道。但如果能拥有这样一颗深情的痴心，虽然给我们带来的是痛苦，却实属不易。多少美好的时辰，已经从指尖悄然流逝，而我还记得，当初爱你的那颗心，跳动得有多么强烈。

爱情，永远是我们最为纯粹的梦想，不可企及的梦想。但这并不妨碍我们去一心一意而又无怨无悔地爱一个人。

在水一方

蒹葭苍苍，白露为霜。所谓伊人，在水一方。溯洄从之，道阻且长；溯游从之，宛在水中央。

蒹葭萋萋，白露未晞。所谓伊人，在水之湄。溯洄从之，道阻且跻；溯游从之，宛在水中坻。

蒹葭采采，白露未已。所谓伊人，在水之涘。溯洄从之，道阻且右；溯游从之，宛在水中沚。

——《诗经·秦风·蒹葭》

这首诗，是写相思的经典之作，后来，纵然有众多名家写了很多非常好的情诗，但都很难和这首诗相比。这首诗，是不可替代的经典。

有一个姑娘，占据了诗人的内心，让诗人无论是醒着还是睡着，都无比思念。这个姑娘，让诗人的心产生了无边无际的相思，让他辗转反侧，无法入睡。在他的脑海中，浮现的都是她的脸。让诗人痴迷的姑娘，如果你能和我共老，那是我在这个无味的人间，获得的最大的温暖，是我今生得到的最宝贵的恩赐。

这首诗从外表看，形式质朴、寓意平淡，但其实暗藏着波澜起伏、微

妙而复杂的情感。那种从心里流出的幸福和惆怅，让我们看见了他的叹息，他是何等的深情！为情守候，唯愿在人生的路上可以邂逅这样美丽的姑娘，因瞬间的相遇，得以确认在彼此的心里存在的痕迹，这个时刻，是人生最为难得的幸福瞬间。只是那无言的错过，确实容易让人陷入无力的深渊而独自黯然销魂。

就像席慕蓉写的那样："而当你终于无视地走过/在你身后落了一地的/朋友啊/那不是花瓣/那是我凋零的心。"相遇的结果是擦肩而过，这是多么让人悲痛而无力的事情，那颗曾经深爱的心瞬间如同天空那纷飞的花瓣如雨般碎落。

世上最美的是邂逅，而惆怅人间的却是擦肩而过。

世间到底有多少擦肩而过呢？读这首诗时，有一种深隐的疼，在我的心里不停动地提醒着我，我也是刚刚路过一个女孩的人，可手里都没有留下余温供我回忆，让我用以对抗漫漶的时光的煎熬。在这里，以水中的小滩，来形容擦肩而过后的失落，虽然有无比的深情和执着，但多少有些难言的失落，透露出思念之人惨淡的心情和已经错过的遗憾。

确实，有一种邂逅，让人肝肠寸断。就像席慕蓉在《一棵开花的树》中写的那样："如何让我遇见你，在我最美丽的时刻，为这/我已在佛前求了五百年/求佛让我们结一段尘缘/佛于是把我化作一棵树/长在你必经的路旁/阳光下慎重地开满了花/朵朵都是我前世的盼望/当你走近，请你细听/那颤抖的叶是我等待的热情。"

即使用千年的守候或祈求，来换取今生一次和你的擦肩而过，就算我流尽血泪，我也愿意。如今，这样的一棵守候之树，还在多少年轻人心里生长着呢？这棵树，如果不生在有情人必经的路旁，如果她不知道珍惜，又有何用？说来说去，我看清了，当我们爱上一个人，其实就是爱上漫漫

长夜的孤独和寂寞，甚至有的时候，就是爱上了流泪和疼痛。

钱红丽在《低眉》一书中这样评价此诗："也是这样的萧瑟清秋，我站在四面环水的芦荡。清晨，白露为霜的清晨，突然地，想起那个人，无法抑制地思念，霜降一样紧紧覆盖了我，一步步陷入深渊，迷离，恍惚，闭上双眼，河之对岸布满那个人的影子。多么想逆游从之，可是，心路艰难又长，该如何追寻？往事一幕一幕，催人泪落……这才是爱情，不死的，永恒的，一辈子忘不掉的，苇絮一样拂过荒凉的心。那个人始终在着，挥不去，挣不脱。有一种热望，始终不可逆转，霜露一样无言。心底的旧情，道阻且长。这里的道，应是心路吧。心路是最难的，漫长无涯。说来说去，就这颗心最难对付。"

她又说："接下来，是生离死别的两个人，应是有着深深恋情的——只因，天不假年，活活把他们拆开。而生离，才是最为磨人。或者，他不爱她了；或者，她，别恋，移情——均是把自己单方面自对方心里生生拽走，拽得血肉横飞，从此不见。《蒹葭》，所要表达的便是如此——她，令他一辈子郁郁寡欢着，醒里梦里都是她……一个将另一个的心拿去，然后，又遇着一个更好的，却又把先头的那个独自丢在那里，自己向另一个更好的而去。心，是血肉之躯的一部分，生拉活扯的，转眼便是陌路了——这又是多么深的折磨。所以，独自被丢在原地的那人，一辈子都不快乐。"

有专家评论说："古之写相思，未有过之《蒹葭》者。"此言不虚。王国维在他的《人间词话》中这样说："《诗·蒹葭》一篇，最得风人之致。晏同叔之'昨夜西风凋碧树。独上高楼，望断天涯路'，意颇近之。但一洒落，一悲壮耳。"

这两首诗词的共同之处，就在于它们同属相思之作，同样是思念一个

人而无法接近。而《蒹葭》这首诗妙在哪里呢？在我看来，就妙在"溯"和"从"字，把诗人自己内心的情感世界，完全地描画了出来。一个"溯"是不怕千辛万苦的坚定，一个"从"是心甘情愿的无私奉献。

"蒹葭苍苍，白露为霜。所谓伊人，在水一方。溯洄从之，道阻且长；溯游从之，宛在水中央"，这段中，诗人表达了对所爱之人的执着，他愿意为她坚定信念，直等到她可以接受自己，并和自己"执子之手，与子偕老"。

"蒹葭"，指的是芦苇。"苍苍"，茂盛或鲜艳的样子。"白露"，指晶莹的露珠。"伊人"，有专家解释为这人。这样的解释，真的让人觉得一点都没有诗意。我觉得解释为姑娘应该更富诗意和美丽一些。"溯洄"，逆流而上。"溯游"，顺流而下。"宛"，好像或仿佛。

让我们一起把这首诗用散文诗的方式意译一下：河边的芦苇郁郁苍苍，晶莹的露珠凝结成霜。我日夜所思念的那个美丽的姑娘，正在河水的那一方，灼灼其华，犹如一朵美丽的桃花。我要逆流而上去亲近她，道路险阻而又遥远。我顺流而下去寻找她，仿佛她在那水中央，像一朵隔世的莲花，无比美丽而又让人忧伤。

"蒹葭苍苍，白露为霜"这句作为这首诗的起句，王国维评为"洒落"。这在人情理之中。很多相思之作，一旦写秋天，便生出了很多的苍凉和寒冷，但这首诗却跳出了这个局限，让秋天显得不再那么悲伤，而是一种充满生机的洒脱。

这里郁郁葱葱的芦苇，难道真的就是芦苇吗？晶莹的泪水凝结成了霜，难道就真的只是露水吗？王国维说，"一切景语皆情语也"，他是深得诗词之道的。这里郁郁葱葱的芦苇，不就是诗人内心正在疯长的思念，不也是他内心正在振翅向她飞去的思念吗？而这里凝结成霜的露水，不正是他的思念正在凝结成一盏瘦小而微弱的灯火，但却执意要发出自己的光亮吗？

"所谓伊人，在水一方"，这是多么美丽的描写啊！当然，如果照着某个专家的解释，把"伊人"解释为那人，且那人要是一个男人的话，那将是多么的索然无味，甚至还让人有点想吐的冲动。张潮在《幽梦影》一书中这样写道："若无诗酒，则山水为具文；若无佳丽，则花月成虚设。"

其实，相对于古时的男子来说，现在的很多男子跟我一样，不懂得欣赏女子。古人欣赏美女讲究的是意境。就像张潮在《幽梦影》中说的："楼上看山，城头看雪，灯前看花，舟中看霞，月下看美人，别是一番情境。"吴从先在《小窗自纪》中这样说："客曰：'山水花月之际看美人，更觉多韵，是美人借韵于山水花月也。'余曰：'山水花月直借美人生韵耳。'"

有水之处没有美女，那是件多么索然无味的事情啊！那个美丽的姑娘，就站在河边，像一朵梅花一样，香气四溢。写到这里，我想起古人说过：帘下看美人，和水中看梅影，是人间佳境。而在清澈的河边有一个少女白衣俏立，衣袂飘飘，长发如瀑，容颜姣好，这是人世间难得的风景。

"蒹葭萋萋，白露未晞。所谓伊人，在水之湄。溯洄从之，道阻且跻；溯游从之，宛在水中坻。"在这段中，涌动的仍然是诗人对这个女子的深情和执着。

"萋萋"，跟"苍苍"一样，都是形容草木茂盛的词。"晞"，干燥的意思。"未晞"，就是还没有干的意思。"湄"，水边。"跻"，是登和升的意思，在这里，我觉得应该是到达之意。"坻"，水中小洲。

这段可以这样理解：河边的芦苇长得非常茂盛，而其上的露水还未干。我所思念的姑娘，正在水边悄然站着。逆流而上去寻她，道路艰险而又难

以抵达。顺流而下去寻她，仿佛她在那水中的小洲上。

这个世上，肉体之外的距离，再远都不叫远。这个世界，最远的距离是两颗心之间的距离。而这个在水一方的女子，此时对于诗人来说，就像"高高的桃树尖上，一颗熟透的果实"，让他无法亲近，无法采摘。所以，诗人才发出了"溯洄从之，道阻且跻"的叹息。这种叹息，带着无力，但没有绝望。因为，他爱她，有这个答案就已经足够。因为，我爱你，这三个字，已经原谅了你给予我的一切苦痛。

"蒹葭采采，白露未已，所谓伊人，在水之涘。溯洄从之，道阻且右；溯游从之，宛在水中沚。"这段，仍然是一唱三叹、往复不已的深情。

"采采"，仍然是形容芦苇茂盛。"未已"，仍然是未干的意思。"涘"，水边。"右"，不直或弯曲的意思。"沚"，水中小岛。

这段可以这样意译：河边的芦苇长得那么茂盛，晶莹的露水还未干。我所思念的那个姑娘，正站在水边。逆流而上去寻她，道路艰难又弯曲。顺流而下去寻她，仿佛她在那水中的小岛上。

全诗，到此而止。这首诗，诗人没有告诉我们他追求之后的结果，一切都可以由我们自己想象，但我从中感觉到的，是一个凄美的结局。

这"所谓伊人，在水一方"的真切景象，转瞬之际就成了遥远，只能在自己的心里，一遍一遍地亲近，并为此带来无穷无尽的思念。

这个诗人站在风中，默默地用心把她的身影寻找，也许，从此再也无法和她相见。风吹动着芦苇，吹动着诗人的心，或许，还会有另外的一些男子和他一样，正唱着这样的歌谣——翻遍人世间的爱情，这才是令我们无比感动而又无比心碎的地方。就像我此时，想象着自己站在这样的境界当中，想对一个人这样说：你好就好，一切都不重要。在你没有记忆之前，

请你记得，有一个人曾经或现在仍然爱着你。

而擦肩而过的，还是擦肩而过了。就像曹雪芹写的那样：一个是阆苑仙葩，一个是美玉无瑕。若说没奇缘，今生偏又遇着他；若说有奇缘，如何心事终虚化！一个枉自嗟呀，一个空劳牵挂；一个是水中月，一个是镜中花。想眼中能有多少泪珠儿，怎禁得秋流到冬尽，春流到夏。

一个是水中月，一个是镜中花，若说没奇缘，为何今生偏又遇着她？我难道都不算是你路过的风景？空留下诗人那颗还在风中呼唤的心，独自在时光的长河中呼唤着那个女孩子的名字。亲爱的，你要记得，我一直在爱着你，一直，爱。

上穷碧落下黄泉，两处茫茫皆不见。虽然是这样，但我要告诉你，我一直站在你的身后，用我的泪水，默默地为你祝福。这是我能给你的最好的礼物了。可惜，它们像断了翅膀的鸟，你无法收到。

世上最为悲哀的不是被人拒绝，而是我站在你的身后，你却不知道，我是那么用心用力地爱你。

与子偕老

击鼓其镗，踊跃用兵。土国城漕，我独南行。

从孙子仲，平陈与宋。不我以归，忧心有忡。

爰居爰处，爰丧其马。于以求之，于林之下。

死生契阔，与子成说。执子之手，与子偕老。

于嗟阔兮，不我活兮。于嗟洵兮，不我信兮。

——《诗经·邶风·击鼓》

这首诗，只这一句"执子之手，与子偕老"，就感动了多少有情男女啊！可是有专家就是喜欢倒人胃口，他们认为这是首反战诗，是通过一个远征异国、久戍不归战士的口，控诉无休止的兵役给人民带来的灾难。战争，让戍守的士兵有家难回，夫妻分隔两地，生死不定。

曾经，读着这句"死生契阔，与子成说。执子之手，与子偕老"，心里感到阵阵的温暖。原以为，这是两个有情男女为了将来能够结合在一起，用心所发出的海誓山盟，哪里知道，却是那些沙场的将士们之间相互鼓励的盟约。这么美丽的誓言，应该是花前月下两人的深情，怎么会是这个样子呢？

想到这里，心忽然凉了半截，觉得还是不能接受这样的结局。有些错误，已经美丽地发生了，就让它继续错下去吧。我这样告诉自己。这首诗中，是将士们相互发誓，不论是生是死，都不丢下对方，都不会独自苟活于这个世界之上。这是以生命相约的誓言，比两个有情男女的山盟海誓有过之而无不及。《郑笺》里这样说："死也生也，相与处勤苦之中，我与子成相说（同"悦"）爱之恩，志在相存救也。"

后来，读到了钱红丽的《低眉》一书，她也跟我一样，无法接受这个事实，只是她比我要放得开一些。她说："仔细想，也确切啊。爱情是有兵气的，也是以性命相见的——只两个人，仅仅两个人，被爱围困了。所以，我们说：死生契阔，与子成说。既然同陷，把手给了你，你就得与我一起，再艰难也不分开。这里的艰难，不是无米下锅，不是无布裁衣，而是你心里一直要有我，不放手，对我好，给我买裙子，给我安稳……爱，因为易流逝，所以艰难——艰难在彼此的懂得上，深陷，而不悔。苏曼殊有'死生契阔君莫问，行云流水一孤僧'的诗，那是他看淡儿女情长，彻底超脱了。我们比不过他的高品，依旧恋恋情深。这诗，若是由我们说，那也是彻底绝了望；无论死活都不要你管，我的一切与你无关。这就是——死生契阔君莫问。后面两句，悲哀更甚——'无端狂笑无端哭，纵有欢肠已似冰'。"

才女就是才女，总比我看得开一些。而我总是纠缠于自己的情绪，喜欢钻牛尖角，从而导致自己没有置身事外的洞明。这首诗的背景到底是怎样的呢？有很多种说法。姚际恒在《诗经通论》一书中认为，是指鲁隐公四年夏，卫联合陈、宋、蔡伐郑。许政伯在《诗探》一书中认为是指同年秋，卫国再度伐郑，抢了郑国的庄稼，这两次战争间有士兵在陈、宋戍守。而方玉润在《诗经原始》中认为这首诗是"戍卒思归不得之诗"，我觉得他真的读懂了这首诗。

古人的诗词一直这样真切地抒发着自己的情感，因为这份真切，所以让人倍觉珍贵。在古代，特别是在经常打仗的时候，"征夫思妇"就成了最疼的抒情，响在时光的长河当中，让后来人驻足倾听的时候，还能暗暗心疼，悄然落泪。

在整个中国文学史上，如果少了"征夫思妇"的诗词，就少了那份滚烫的思念，那份灼热的疼痛，那份内心真切的倾诉或呻吟。所以有专家这样说："看看古代的诗史，诉说'征夫''怨妇'哀愁的歌诗如汗牛充栋，不可胜数，说明统治者打仗而百姓遭殃的悲剧也难以计数。20 世纪西方'迷惘的一代'的代表人物海明威也写过行军打仗的小说。如《永别了，武器》中的主人公受伤之后的思绪迷惘，不知为谁而战，悟到残酷的战争与追求个人幸福是两码事，于是带着漂亮的女护士逃离了统治者们以为神圣的战场。那么，我国古代儿女情长的'征夫'们岂不是这世界上最早的'迷惘的一代'！"

是啊，陷在生离之中，又不知道哪天死去的人们，怎么可能内心不"迷惘"呢？其中的滋味，我想可能是百味杂陈，我们这些现代人是无法体会的。

这首诗可以这样意译：战鼓敲得咚咚响，踊跃向前去争战。本来我是运土在那漕地建城池，最后偏要派我去南方。跟从孙子仲将军当士兵，与陈国和宋国结成了盟军。从此不能返回家乡，我的内心真是好疼痛。我该在何处安身？我在何处丢失了战马？丢失的战马我又要到哪里去寻找？我站在树荫下，悲痛地绝望着。是生是死我们都要一起，这是当年我们已经约定的誓言。我会紧紧地拉着你的手不放开，发誓一定要和你一起到老。可叹啊，你我生离，相隔遥远，简直无法相见。可悲呀，你我远远地别离，使我的希望转眼成空。

"击鼓其镗，踊跃用兵。土国城漕，我独南行"这句，充满了战争的气息。古代打仗的时候，通常都是用鼓的，军士们的一举一动，都受制于鼓声。

"一鼓作气，再而衰，三而竭。彼竭我盈，故克之。"这段文字，我想大家都应该熟悉。可见，战鼓在过去战争中发挥了很大的作用。

"镗"，战鼓之声。"用兵"，有很多专家解释为当兵，我觉得解释为打仗或战争似乎更合理一些。"土国"，在国内服役挖土。"城漕"，在漕地筑城。"漕"，卫国地名。"南行"，到南方去。

"从孙子仲，平陈与宋。不我以归，忧心有忡"，这段介绍了跟战争有关的一些情况。"从"，跟随和跟从的意思。"孙子仲"，是卫国带兵伐郑的将领。"平陈与宋"，是调解陈国和宋国的关系。"不我以归"，是一个倒装句，其实是"不以我归"。"以"，是听从或依从的意思。这句"不以我归"，是一声叹息，更是一种无奈。

"有忡"，有专家说是忡忡的重言，指的是忧虑不安貌。忧心如焚，那是因为有家不能回，有温暖不能亲近。那颗想家念家的心，怎么可能不在战争中显得疲倦而乏力呢？这颗心怎么可能不发出悲鸣？

"爰居爰处，爰丧其马。于以求之，于林之下"这几句，写诗人自己目前的一些处境。"爰"，于是，或在这里的意思。"居"和"处"都是驻留或停留的意思。"丧"，丧失或丢失之意。"求"，我觉得是寻找的意思。这里的战马，难道就真的是战马，不是诗人那颗心？战马都丢了，还指望用什么打仗？这样一写，把诗人心里厌战的情绪清晰地勾画了出来。

"死生契阔，与子成说。执子之手，与子偕老"这几句，有很多专家认为是诗人对自己的战友说的，我可不这样认为。我认为，这是诗人站在

远方、站在风中的自言自语，是对自己家里的妻子说的。诗词本身不是散文，它必须精简，所以不能铺展开来去写。而且，在一首诗词当中，不一定就是一个时间段发生的事情，它可能是好几个时间段发生的事。

"契阔"，指的是聚散离合。"契"，指的是团聚，"阔"，指的是离别。苏曼殊这个诗僧这样写道："死生契阔君莫问，行云流水一孤僧。无端狂笑无端哭，纵有欢肠已似冰。"

静静的夜晚，王菲淡淡而用心地唱着："思念是一种很玄的东西，如影随形，无声又无息出没在心底，转眼吞没我在寂默里。我无力抗拒，特别是夜里，喔，想你到无法呼吸，恨不能立即朝你狂奔去，大声地告诉你，愿意为你，我愿意为你，我愿意为你忘记我姓名。"

这个时候，诗人如果能听到这首歌，大概也会被深深打动吧。他也愿意立即朝家乡奔去，朝她奔去，大声地告诉她，他非常想家想她。

"成说"，预先说好的。不管是生是死，我们都不会离开彼此，这是我和你约定好的。只是，时光没有等他，时光走了，只把他的心还留在原地。

"于嗟阔兮，不我活兮。于嗟洵兮，不我信兮"这几句，是诗人自己内心的悲叹。"于嗟"，感叹词。"阔"，指分别时间久远。"不我活兮"，意为不能活着与你见面。"洵"，疏远或久远的意思。"信"，信用、守约的意思。

想当年我们许下誓言，拉着彼此的手，两个人一定要白头到老，至死都不放开彼此，可是如今距离太远，一别多年，今生是否还能与你相见？是否能践行我对你的诺言？

思念太久，距离太远，什么时候我们能一起守候彼此的诺言？

19

一日不见，如隔三秋

彼采葛兮，一日不见，如三月兮！

彼采萧兮，一日不见，如三秋兮！

彼采艾兮，一日不见，如三岁兮！

——《诗经·王风·采葛》

诗词，如果离开了诗人真切的情感，还能剩下些什么？读这首诗时，我坐在很冷的冬夜里，等春天来临。但我心里清楚，我的春天已经悄然走失，毫无音讯。手都被冻疼了，心灵也越来越麻木。读这首诗时，我在想念一个人，是的，我在想念一个人，彻底而真切地想念着一个人，有这首诗，有这个夜晚，有这些文字和自己的心痛为证。

这个诗人跟我一样，也陷在对一个人的思念当中无法自拔。不过，这个诗人和自己所爱之人的结局还不太清楚，而我已经知道了自己的结局。一直努力，一直努力，想站在远方无怨无悔地去爱一个人，这个时候我才发现，这是那么难。纵然我自己愿意，但时光却不停地带着她向前，而我却留在原地，寸步未离。

一个诗人这样写道："没有理由的心痛，跟随你的身影，在我的心灵

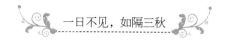

之湖上，投下了一颗石子之后，只为你一个人荡漾。"这是心灵的暗香，犹如一片花瓣，追随着自己前世的魂魄。那刻于我们心上的名字，又何尝不是我们要一生追随的魂魄呢？就像许美静在《荡漾》中唱的那样："屏住了呼吸像沉入深海，凝视你竟然没一句对白。怕一眨眼一切都不存在，连做梦都有现实来阻碍。让一通电话任你去疑猜，要你去感觉我内心摇摆。不过几天你就清醒过来，偏偏我痴心难改……"

能怪什么呢？能怪别人不过几天就清醒过来吗？不能。要怪，也只能怪自己偏偏痴心难改。就像这个诗人，三行的诗句当中涌动的都是痴心难改的真情，以及那种求了仍然未能得到回应的无助，还有暗暗的心痛。一两句怎么能说得清楚？也许就像雪小禅写的那样："而有的人，只在一起几天，但仿佛待了一生一世，从此，忘不掉，放不下……"

这首诗可以这样意译：我心爱的采葛藤的那个人啊，和你才分开一天，好像隔了三个月那么长的时间没有相见。我心爱的采青蒿的那个人啊，和你分开一天，好像隔了九个月那么长的时间没有相见。我心爱的采白艾的那个人啊，和你分开一天，好像隔了整整三年没有相见。

这首诗这么一意译出来，那些刻骨的相思，以及那种无法亲近的心痛和无力，就如同泉水一样涌现在我们的眼前。著名诗人叶芝写道："可是，我最亲爱的，请你用大地般的身体把我抱紧；从你离开之后，我荒芜的思想已经寒至骨髓。"是啊，这种寒冷是世上很难治愈的冷。心疼，能拿什么医呢？

"葛"，葛藤，纤维可以用来织布。"萧"，青蒿，其味芳香，古时多用于祭祀。"三秋"，应该不是年，有专家解释为三季，即九个月，我以为是非常到位而准确的。余冠英在《诗经选》中这样说："诗里'三秋'应该

长于三个月，短于'三岁'，义同三季，就是九个月。"这首诗在时间上是层层递进的，所以，解释为九个月，应该更符合诗意一些。

这首诗，从三个月，到九个月，到三年，时间一点点延长，来表达诗人那急于想见到所爱之人的迫切心情。因为，此时这个人就是自己内心最深的需要。纠结于爱情当中的人，最难清楚看清很多事情，也许，这就叫作当局者迷。这个诗人，觉得和自己心爱的人分开一天，就等于三个月，甚至更长的时间。其实，时间就在那里，未曾有丝毫的增长，不过是因为太过想念了，所以，心灵备受煎熬。

在我看来，这里的时间，不过是心理上的时间。著名现代诗人柏桦似乎更清楚地意识到了这点："但话必须说回来，一年三百六十五日，一日二十四时，山河岁月，再好再坏，也都是这个命数。所谓快慢，不过是人心不同而已。好的时光总是匆匆，坏的时候往往度日如年。于是，秒盘上滴滴答答的钟声之外，我们还听得见人心里那喜怒哀乐的时间。"

柏桦这样说似乎觉得还不过瘾，他紧接着引用了秘鲁作家巴尔加斯·略萨的《中国套盒》一书来继续发挥："但是，还有一个心理时间，根据我们的行止能够意识到它的存在，以种种不同的方式，由我们的情绪支撑的时间。当我们高兴时，沉浸在强烈和兴奋的感觉中时，由于陶醉、愉快和全神贯注而觉得它过得很快。相反的，当我们期待着什么或者我们吃苦的时候，我们个人的环境和处境（孤独、期待、灾难、对某事的盼望）让我们强烈地意识到它的流动时，恰恰因为我们希望它加快步伐而觉得它停止、落后、不动了，这时每分每秒都突然变得缓慢和漫长了。"

宁萱女士在《几番魂梦与君同》一书中对这种时间也有过类似的描述："每一个伟大的诗人，都会对时间展开其独特的思考。这里的时间，不仅是物理意义上的时间，而且是情感意义上的时间。它不是直线推进，

乃是曲折延伸：在欢乐的时候，它的速度似乎加快了，在痛苦的时候，它的速度似乎停滞了。"

这个时候，诗人其实只是一个作茧自缚者。他没能捕获什么，也没能得到什么。也许，除了自己的孤独和思念，可以用一无所获来形容，但他的心却未曾抱怨过。真正的爱，是没有怨的，因为，自己已经知道，爱一个人本是自己的事情，跟所爱之人没有多少关系。她爱你也好，不爱你也罢，只是你自己的事情而已。

这首诗，这些文字，只能是一张网而已，在回忆的湖中捕捞着旧时的颜色，旧时的温存。旧时月色，算几番照我，梅边吹笛？此时，我在微凉的风中，在淡淡的月光下，坐在自己的心里，轻轻地触摸诗人那为爱情跳动的心，仿佛是在触摸自己的心。当我在键盘上敲出这些文字的时候，我自己已是泪流满面。

在诗人的脑海中，那张脸，始终未曾有丝毫的移动。其实，执意的内心，一定保留着一种纯粹的清澈。所有历经磨难的爱情，在如今这个时代，似乎已经不值得人们期待，甚至是不值一提，而却在这首诗里获得了永生的意义。世间安得双全法，不负如来不负卿？这样做是何等的困难啊！就算你能不负人，但终负的是自己。一定有一种爱，有一颗心，嵌在这滴叫作泪水的珠子上。

张爱玲在《倾城之恋》中这样写过："他们唱歌走了板，跟不了生命的胡琴。胡琴咿咿呀呀拉着，在万盏灯的夜晚，拉过来又拉过去，说不尽的苍凉故事，不问也罢……"哎，如何能做到不管不问呢？因为诗人还爱着，并为了爱而疼着。

诗人生命的胡琴，拉过来是深情，拉过去仍然是深情，剩下的只有思念，在一个个夜晚，苍凉地述说着自己内心的无力和煎熬。爱一个人，很

多时候就是画地为牢。只是日月不肯迟，四时相催迫。但光阴虽然在催迫，却无法带走那存于他心灵中的名字。有一个人是诗人心底永远的眷恋和渴望。

我不知道，这个诗人最终有没有抓住这片爱情的花瓣，但我却知道我们大多数人都未能抓住。所以，回忆成了我们共同的命运，一点一点消耗掉我们剩余不多的光阴。

风吹浮世，而我在诗人的疼痛上，已经学会了沉默。这首诗，不过就是一块墓碑，上面写着：一个人爱过，疼过，活过。

愿得一心人

皑如山上雪，皎若云间月。

闻君有两意，故来相决绝。

今日斗酒会，明旦沟水头。

躞蹀御沟上，沟水东西流。

凄凄复凄凄，嫁娶不须啼。

愿得一心人，白首不相离。

竹竿何袅袅，鱼尾何簁簁。

男儿重意气，何用钱刀为。

——卓文君《白头吟》

这首诗，是一首怨诗，作者是汉代有名的才女卓文君。卓文君，临邛富翁卓王孙的女儿。卓文君的祖先原来是赵人，擅长冶铁，其家因此而富。

卓文君在我的眼里，是一个相当有个性和才华的女子。她是非常美丽的，史书上说她"眉如远山，腰如细柳"，可见她的姿容之美。不过，才女多薄命，她十七岁的时候，刚嫁到夫家不久，老公就死了，于是，她成了寡妇。

一年春天，卓王孙府上请客，邀请了临邛令王吉，而那个早已文名远播的司马相如也在被请的名单中，只是他却故意推辞不去。司马相如和王吉是非常好的朋友，于是，王吉亲自驾车前去迎他，才把他请去。

宴会中，当然离不了音乐歌舞来助兴，大概很多人都听说司马相如会弹琴，于是，大家纷纷请他弹琴。司马相如推托了一番，最后弹了那首《凤求凰》，并开口唱道："凤兮凤兮归故乡，遨游四海求其凰。时未遇兮无所将，何悟今夕升斯堂。有艳淑女在闺房，室迩人遐毒我肠。何缘交颈为鸳鸯，胡颉颃兮共翱翔。凰兮凰兮从我栖，得托孳尾永为妃。交情通意心和谐，中夜相从知者谁。双翼俱起翻高飞，无感我思使余悲。"

我一直觉得，司马相如是一个有心人，他没来之前，应该已经对卓文君有了一个大概的了解，要不然，他在这里唱这首《凤求凰》就一点意义没有了。

卓文君听说司马相如也在被请的名单当中，不觉心动，她早已对这个才子心有所慕，于是，就躲在屏风后面偷听司马相如弹琴并唱歌。夜深人静之后，司马相如和王吉都走了，卓文君独自在回味着司马相如的歌中之意。

"中夜相从知者谁"，这句不就是他渴望或等待着她吗？当她想到这里之后，就趁着月明花暗的时刻，奔向了司马相如的住所。第二天一早，两个人便离开临邛，回到司马相如的家乡成都去了。

卓文君的父亲得知女儿与司马相知私奔了，认为太丢脸，非常生气，于是就断绝了和卓文君的关系。

司马相如家徒四壁，为维持生计，卓文君变卖财物，与相如回临邛开了一家酒肆。文君每天当垆沽酒，两人虽然生活辛苦，但小日子过得却很幸福。卓王孙听说自己的女儿在集镇上开起了酒肆，并且亲自当垆沽酒，

非常生气。但此时"木已成舟",也只好接受现实。他给了文君很多奴婢和钱,文君和司马相如于是关闭了酒肆,回到成都过起了富裕的生活。

后来,汉武帝偶然间读到司马相如的一些诗赋,非常喜欢,于是,就派人把司马相如召入宫,并拜他为郎。此后,司马相如宦海一帆风顺,再也不是当年那个落魄才子。有钱有权了的司马相如,想法也多起来,他想娶个茂陵的女子为妾。卓文君知道这件事情后,非常伤心,于是就写了这首《白头吟》,和司马相如诀别。

"皑如山上雪,皎若云间月。闻君有两意,故来相决绝。"这段是写卓文君对司马相如的心就像月亮和山上雪一样洁白,用来控诉司马相如变心。当她知道相如已经对自己没有了心意的时候,决意要离开他。

"今日斗酒会,明旦沟水头。躞蹀御沟上,沟水东西流"这段,让我想到了晏几道的《少年游》:"离多最是,东西流水,终解两相逢。浅情终似,行云无定,犹到梦魂中。 可怜人意,薄于云水,佳会更难重。细想从来,断肠多处,不与这番同。"

我们知道这个故事后,就可以知道这句"离多最是,东西流水,终解两相逢"中有多么深沉的怨。这个世界,有太多负心负情之人,让美丽的女子痛苦。这个世界,痴情女子古来多,痴情男子哪见着?如果遇到一个深情的男子,亲爱的女性读者们,请一定要珍惜,好好地爱他,不要等到他心冷了离开之后,才觉得后悔。

对负心人的质问,古来有之,但特别让我感动的是那首无名氏的《望江南》:"天上月,遥望似一团银。夜久更阑风渐紧,与奴吹散月边云。照见负心人。"

这首《望江南》和晏几道的这句"离多最是,东西流水,终解两相

逢"，都是被遗弃之人的控诉和质问，表达的都是对负心之人的怨恨。所以，张锡厚这样评价此词："作者远远地从天上月写起，一个被遗弃的女子，遥望着犹如一团白银似的月亮，悲怨满怀，思绪万千，纵然是置身在更深人静、风声渐紧的长夜，也难以排遣涌上心头的幽恨。她热切希望风儿快快吹开月边的浮云，照见那个辜负自己一片痴情的狠心男子。言下之意，让圣洁的月光照一照那个负心人的秽行，这个背情负义的男子应受到上苍的惩罚。"

"斗"，指盛酒的器具。"蹀躞"，小步行走的样子。"御沟"，指的是流经御苑或环绕宫墙的沟。《考工记》这样解释："匠人为沟洫……井间广四尺，深四尺，谓之沟。"《汉书》这样记载："王宫家渠也，犹今御沟也。""东西流"，形容两人形同陌路之形态。

那么"今日斗酒会，明旦沟水头。蹀躞御沟上，沟水东西流"，可以这样意译：今天我们饮酒做最后的聚会，明天就在沟头分手。我们别后在沟边各自孤独行走，过去温暖的记忆和温存的爱情将如同沟水分流，再也无法挽回。我们从此就各奔东西，形同陌路。

"凄凄复凄凄，嫁娶不须啼。愿得一心人，白首不相离"，这几句可以这样意译：我的内心除了悲伤还是悲伤，别和出嫁的时候那样啼哭，我还是愿寻得一心一意的人，和他"执子之手，与子偕老"。只是此时，你已经成了三心二意之人，让我悲痛不已。

"竹竿何袅袅，鱼尾何簁簁。男儿重意气，何用钱刀为"，这几句其实写的是卓文君对精神和爱情生活的向往和追求。这种生活到底是怎样的呢？我想，我们可以从李清照《金石录序》中找到答案。李清照这样写道："余性偶强记，每饭罢，坐归来堂烹茶，指堆积书史，言某事在某书某卷第几页第几行，以中否角胜负，为饮茶先后。中举杯大笑，至茶倾覆怀中，

反不得饮而起。甘心老是乡矣，故虽处忧患困穷而志不屈。"

到了清朝，那个伤心人纳兰容若在其妻卢氏死后，对这种平凡但美好的生活无比留恋，所以才写了那首《浣溪沙》："谁念西风独自凉，萧萧黄叶闭疏窗。沉思往事立残阳。　被酒莫惊春睡重，赌书消得泼茶香。当时只道是寻常。"

被酒莫惊春睡重，赌书消得泼茶香。当时只道是寻常。是啊，那么简单而快乐的生活，为什么当时觉得是平常的呢？这是失去之后的悔悟，可是这种悔悟早已建立在失去之上，无法挽回。

"竹竿"，指的是钓鱼竿。"袅袅"，从字面理解，本来指的是烟向上升的姿态，这里当指的是钓鱼竿在风中摇摆的姿态。"篸篸"，形容鱼尾像濡湿的羽毛。在古诗词当中，钓鱼其实一直象征着男女欢爱或性爱。就像那首古乐府诗写的那样："江南可采莲，莲叶何田田。鱼戏莲叶间。鱼戏莲叶东，鱼戏莲叶西，鱼戏莲叶南，鱼戏莲叶北。"

闻一多先生在《说鱼》一篇中认为，过去的民歌中"鱼"是情侣间的隐语。古人用"钓鱼"象征求偶，用"烹鱼"和"食鱼"象征合欢和婚配。卓文君这里的"钓鱼"，我个人认为也有象征着男女欢爱的意思。

"男儿重意气，何用钱刀为"这句，可以意译为：一个男子如果重情重义，何必要求他在物质上非常富有？"意气"，这里当恩义或情义解释。"钱刀"，指金钱、财富。卓文君写了这首诗以后，觉得意犹未尽，于是又跟着写了《诀别书》："群华竞芳，五色凌素。琴尚在卸，而新声代故。锦水有鸳，汉宫有木，彼物而新，嗟世之人兮，瞀于淫而不悟。朱弦断，明镜缺，朝露晞，芳时歇，白头吟，伤离别，努力加餐勿念妾。锦水汤汤，与君长诀！"

司马相如读到文君的诗文，大为感动，最终没有娶妾，甘心和文君白头到老。汉武帝元狩六年，司马相如病死。他死后，卓文君又写了一篇《司马相如诔》："嗟嗟夫子兮亶通儒，少好学兮综群书。纵横剑伎兮英敏有誉，尚慕往哲兮更名相如。落魄远游兮赋《子虚》，毕尔壮志兮驷马高车。忆昔初好兮雍容孔都，怜才仰德兮琴心两娱。永托为妃兮不耻当垆，生平浅促兮命也难扶。长夜思君兮形影孤，上中庭兮霜草枯。雁鸣哀哀兮吾将安如，仰天太息兮抑郁不舒。诉此凄恻兮畴忍听予，泉穴可从兮愿殒其躯。"

相如走了，卓文君也跟着走了，只留下这些抒情的文字，在天地之间见证着一段感动天地、穿越千年的爱情。

生当复来归，死当长相思

结发为夫妻，恩爱两不疑。

欢娱在今夕，嬿婉及良时。

征夫怀远路，起视夜何其？

参辰皆已没，去去从此辞。

行役在战场，相见未有期。

握手一长叹，泪为生别滋。

努力爱春华，莫忘欢乐时。

生当复来归，死当长相思。

——苏武《留别妻》

苏武，字子卿，京兆人。以中郎将出使匈奴，被匈奴囚禁了十九年，在荒寒的大漠中牧羊，九死一生，最终得以归汉。

这首诗据说是苏武去往匈奴，和自己的妻子告别时写下的。他这一去，就是十九年。十九年的思念，十九年的孤独，默默忍受，就是为了再次回来见她，完成对她许下的"生当复来归，死当长相思"的誓言。

谢榛在《四溟诗话》中这样说："诗自苏李五言暨《十九首》，格古调高，句平意远，不尚难字，而自然过人。"这话相当有见地。是啊，乐府诗有很多就是属于"不尚难字，而自然过人"的诗，这些诗都是非常自然而又真切的抒情，读来让人无比感动。

《诗人玉屑》一书中这样说："读《古诗十九首》，及曹子建诗如'明月入高楼，流光正徘徊'之类诗，皆思深远而有余意，言有尽而意无穷也。学者当以此等诗常自涵养，自然下笔高妙。"而我喜欢的词人秦观认为，苏武的诗长于高妙。高妙之处，在我看来，可能就是真切。

王国维在《人间词话》中说："大家之作，其言情也必沁人心脾，其写景也必豁人耳目，其辞脱口而出无矫揉装束之态。以其所见者真，所知者深也。"到底怎样的诗"高妙"或有"境界"呢？王国维同样在《人间词话》中回答了这个问题，他说："境非独谓景物也，喜怒哀乐亦人心中之境。故能写真景物、真感情者，谓之有境界，否则谓之无境界。"

读这样的诗，真的是一种享受，它能让我们早已麻木的心，渐渐柔软起来。

"结发为夫妻，恩爱两不疑。欢娱在今夕，嫌婉及良时"，这四句，写他和妻子新婚时的一些情景。"结发"，有两种解释，一种指成人，古人认为："结发，乃成人也。谓男子二十，女子十五时，取笄冠为义也。"第二种是指结为夫妻。古代男女成婚之时，男在左，女在右，共挽髻束发，表示结为夫妻。这两种解释都可。

"两不疑"，按照字面的理解是两不猜疑，但这里，应该是两个人没有想到刚结婚不久，就要分开。"欢娱"，两个人欢乐而愉悦的时光。"嫌婉"，古人认为是"欢好貌"。这里是写新婚时缠绵悱恻的情事。"及"，应是趁着的意思。"良时"，意为"良宵""春宵"。

"结发为夫妻，恩爱两不疑"这两句，跟杜甫《新婚别》中的"结发为君妻，席不暖君床"的诗意相同，我甚至怀疑，后者就是化用了前者的诗意。这两句可以这样意译：我和你结为夫妻，本想和你恩恩爱爱白头到老，从来都没有想过要和你分开。

"欢娱在今夕，嬿婉及良时"，有专家认为是用了倒置的方法，应该是"嬿婉及良时，欢娱在今夕"，这样的理解当然也可以。如果不倒置，也可以这样意译：明天我就要离开了，我们俩在今晚还是尽情欢娱、珍惜良宵吧。

这个时候，诗中的主人公到底是什么情态呢？我的朋友胭脂这样写过："无论你我走得多么艰难多么遥远，始终躲不过一场宿命的伤感。淡风收云，凤愿识得真滋味，我命由天运由人。魂最亲近，形却殊途，弱水三千，欲辩难言。"胭脂，乃慧心之人，所写出来的文字，一直是我喜欢的。

此时，这里的主人公，也要被残酷地分开，也一样始终躲不过一场宿命的伤感，他们也要魂最亲近，形却殊途了。这个时候，这首诗中的主人公悲叹的是，我命由天，运也无法由人。所以，他们只能接受分别的命运，对分开之后能不能再次相聚却无法预料。

"征夫怀远路，起视夜何其？参辰皆已没，去去从此辞"，这四句，是写缠绵温存过后，诗人踏上离途的情景。

陈祚明在《采菽堂古诗选》中这样评价："征夫四句写得生动。"是啊，对于离别前的一些情景，描写得太生动了。一直有很多人问我，到底怎样写诗歌呢？我不是什么诗评家，自己的水平也非常有限，但我个人认为，诗歌贵在语平而意深。就像《诗人玉屑》一书中说的这样："凡为诗，当使挹之而源不穷，咀之而味愈长。诗当使一览无遗，语尽而意不穷。"

刘熙载在《艺概》中这样说："语忌直，意忌浅，脉忌露，味忌短。"

"怀"，想。"其"，语尾助词，等同于"哉"。"参辰"，两颗星的名字。"参星"，据《晋书·天文志上》："参，星名，二十八宿之一。"

"辰星"，一说即水星。《史记·天官书》："刑失者，罚出辰星。"《天官占》："辰星，北水之精，黑帝之子，宰相之祥也。"又一说即商星，还有一说是龙星。

这两颗星是有来历的。传说在远古时候，五帝之一的帝喾有两个儿子，哥哥叫阏伯，弟弟叫实沈。兄弟二人住在旷野的山林之中，彼此之间谁也容不下对方，整天就知道操弄盾牌长戈，互相攻伐。帝喾看到自己这两个儿子如此不和睦，心中很不高兴，就把阏伯迁到商丘这个地方，让他主管辰星，商部族的人因此奉祀辰星，所以辰星以后就被称为"商星"；又把实沈迁到大夏这个地方，让他主管参星，后来帝尧陶唐氏的后代因此就奉祀参星。这两个部族的人经过了夏代和商代，一直各自奉祀自己的星。天上的参星和商星也就如同这对不和睦的兄弟一样，谁也不愿见到对方，于是它们此出彼入，永不相见。由于这个传说，汉语里就有了"参商"这个词，用来比喻兄弟或亲属不和睦，或者亲友之间互相隔绝，不能相会。

诗中"参辰"合用，指满天的星辰。"皆已没"，都没有了，指的是天亮了。"去去"，告别、离开之意。

"征夫怀远路，起视夜何其"，这句我是这样理解的：我想着这漫漫长路该怎么走，起来看看天亮了没有。

"参辰皆已没，去去从此辞"，天就要亮了，离开的时刻就要到了。我记得李商隐有一首诗大概写的也是这样的情绪。这首诗叫《明日》："天上参旗过，人间烛焰销。谁言整双履，便是隔三桥。知处黄金锁，曾来碧绮寮。凭栏明日意，池阔雨潇潇。"

这首诗是什么诗，很多专家一直都说不清楚。我认为这是首爱情诗，是李商隐的初恋诗，写给那个女道士宋华阳的。

李商隐这里的"天上参旗过，人间烛焰销"应该是这个意思：天上参横斗转，夜已深了，人间的烛火都已经熄灭，大家都进入了梦乡。这个时候，不正是偷情的好时间吗？而苏武这首诗中，已经是将近天亮的时候了，他要起来去往匈奴了。这个时候，没有比和他刚洞房花烛的新娘更加难过的了。她的人生画卷刚刚展开，却可能会就此完全合上。

"行役在战场，相见未有期。握手一长叹，泪为生别滋"，这四句，是写临别时候的情景。古人认为"行役"以下，语语真切。

"行役"，远行服兵役。"生别"，有专家解释为"生离死别"，我认为这指的是生生离别。因为，生生离别，虽然没有死别之深，但它更为伤痛，更为折磨人。

征夫和思妇，是我国古代特殊的两个群体，也是我国古代诗歌中饱含血泪的一道风景线。如果没有了这些真切而抒情的诗歌，中国文学的天空，就会少了一颗颗明亮的星星。这些耀目之星，是用思念、怀念和泪水洗亮的。

他将要去远方打仗了，可能会战死沙场，看来未必会有再次相见的机会了。唐诗写"醉卧沙场君莫笑，古来征战几人回"，有很多人认为这首诗写得十分豪迈，在我看来，这哪里有半点豪迈可言？这就是一种绝望的无力！因为，一上战场，还有几个人可以活着回来呢？所以，索性就让我喝醉吧。用酒暂时麻醉一下自己的灵魂，得到片刻的安宁。

当一个人披上铠甲，就已经注定了命运。战争，不过是那些统治者用来达成他们自己目的的手段，但他们忽略了这些被征去打仗的男人，他们也有自己的追求，也有自己的梦想，更有自己的愿望。可是，那些统治者从来都不会去想这些问题。翻开中国的历史，多少页密密麻麻写着的不是文字，是一堆堆白骨，一滴滴眼泪。

海明威有一部经典的小说，叫《永别了，武器》。其实，我总嫌这样的翻译不够精确。如果把武器翻译成战争，岂不更震撼？武器，战争工具也。在这部小说里，主人公受伤之后开始反思自己去打仗到底为了什么，渐渐地非常厌恶战争，最终带着自己心爱的女子逃离了战场。这毕竟是外国的文学作品，放入中国古代的场景当中，又怎么可能适用？你是逃不掉的，因为"溥天之下，莫非王土；率土之滨，莫非王臣"。天下虽大，都是人家统治者的，你能逃到哪里去？

苏武虽不是去打仗，但出使匈奴凶险异常，又有多大的可能活着回来呢？

"握手一长叹，泪为生别滋"，写得相当沉痛。读这两句的时候，让我想到柳永的"执手相看泪眼，竟无语凝噎"。拉着你的手深情地望着你，你也望着我，说不出话，满脸都是泪。为什么说不出话呢？因为，还没张口，就已经悲痛地哽咽住了。这才是人到了悲痛极点的写照。

离别，是人生无法改变而又必须直面的事情。让人魂牵梦萦的离别，让人肝肠寸断的离别，可能就是这种"握手一长叹，泪为生别滋"了。不想离开，但又不能不离开，在离开的途中，一步几回头，涕泪沾衣裳。这种感人的瞬间，在现代，仍然延续着。

离别之时，那一个举手投足的细微动作，那一句柔软低迷的话语，那一个无限不舍的眼神，那一双默默流泪的眼睛，所有这一切传达出的悲伤，是任何语言都无法描述的。痛，只有痛吧。

"努力爱春华，莫忘欢乐时。生当复来归，死当长相思"，这几句，将离情的真切和悲痛推到了极致。

《古诗赏析》一书这样评价这四句："……以己之生归死思收住，恩爱不疑。到头结穴磊磊明明，仍不失英雄本色，是为悲而能壮。"

这最后四句，是诗人对其妻的交代和叮嘱。"春华"，年轻的时光，或花一般的美好时光。"华"，有专家认为通"花"，这样解释也可以，如果这样解释的话，那么这句是以花喻人。诗人不是要其妻爱春天的花朵，而是爱她自己。

"努力爱春华，莫忘欢乐时"，"努力爱春花"这句与《古诗十九首》中"努力加餐饭"的意思相类，都是叮嘱之语。这两句可以这样意译：我走后，也不知道什么时候才能回来，你一定要好好照顾自己，仔细爱惜自己的身体，不要忘了我们往日的欢娱之情。

这句"莫忘欢乐时"，是让其妻等他回来重聚之意。可是这一去，是否还可以回来？苏武的妻子是幸运的，等了他将近二十年，终于等到他的归来。可是，当年黑发送他走，如今他回来时，时光之雪已经落满了她的头顶，染白了她的青丝，那些时光在她脸上刻下的皱纹，叫思念。

这二十年的光阴有多么漫长？那一个个孤独、等待而思念的夜晚，有多么漫长？那种生理上和心灵上的寂寞，就是一把铁锹，一锹一锹从体内铲走温暖，让一颗心荒凉到寸草不生。就像另外一首诗中写的那样："昔为倡家女，今为荡子妇。荡子行不归，空床难独守。"有很多人认为这首诗淫，其实，我认为它直白地写出了女子独守空闺的寂寞，写得如此真切，感人至深。

空床难独守。是的，空床难独守，可是，苏武的妻子，却为他守了二十年，这到底需要多少勇气，现今的人，还有几个能明白？

"生当复来归，死当长相思"，这两句真切如话。陈祚明在《采菽堂古

诗选》中这样说："末二句情至，更无剩语，当此时何以堪?"这两句可以这样意译：我如果活着，一定会回来和你团聚，如果我死了，我也会想着你。这样的情话，怎么可能不感动人!

汤显祖说："情不知所起，一往而深，生者可以死，死可以生。生而不可与死，死而不可复生者，皆非情之至也!"情深一往，一往而深，深得都找不到自己的存在，因为，自己已经变成了对方本身。

如果爱，请深爱，请一心一意，用力珍惜。

恩情中道绝

新裂齐纨素，皎洁如霜雪。

裁成合欢扇，团团似明月。

出入君怀袖，动摇微风发。

常恐秋节至，凉飙夺炎热。

弃捐箧笥中，恩情中道绝。

——班婕妤《怨歌行》

班婕妤，我们已经无法知道她确切的名字。据《汉书》记载，她是班彪的叔母，班固的叔祖母，左曹越骑校尉班况的女儿。婕妤，是汉武帝时开始定下的妃嫔的位名，宫中的一种女官。汉代的婕妤，位视上卿，秩比列侯，地位和待遇那是相当高的。班婕妤，在汉成帝即位之初的时候，只是一个少使，后来受到了汉成帝的宠幸，才升为婕妤。

班婕妤出身于书香世家，她的家庭有着浓厚的文化气息，她本人有着很深的文化修养。据说，有一次汉成帝一时兴起，想在后宫游上一圈，于是就传旨让班婕妤和他共乘一辆车陪他出游，班婕妤这样回道："看那古代的图画，贤明的皇帝身边，多半都是名臣相伴，而只有那些荒淫无道的皇帝身边，才有很多的女子相伴。陛下不是要做一个贤明的皇帝吗？"

汉成帝听后微微点头，觉得有道理。其实我觉得，汉成帝也是一个男人，他想和自己心爱的女子同乘一辆车，这种想法本身并没有什么大错。我想，汉成帝的心，从这个时候就应该凉了吧。太后听到这件事情以后，对班婕妤大加赞赏，说"古有樊姬，今有班婕妤"。

后来，赵飞燕姐妹进了宫。大家对这两个女子可能都非常熟悉。很多人大概都知道赵飞燕的舞跳得好，是一个美女，但很少有人知道，其实赵飞燕也算半个才女。她写过一首《归风送远操》："凉风起兮天陨霜，怀君子兮渺难望，感予心兮多慨慷。"有的时候，我很想知道，赵飞燕所说的"怀君子兮"中的"君子"到底是谁。

赵飞燕的父亲叫冯万金，据说是一个音乐家，深得江都中尉赵曼喜爱。冯万金和赵曼的妻子姑苏主私通，生下一对双胞胎女孩，大的叫宜主，也就是后来的赵飞燕，小的叫合德，养于冯家，但都从赵姓。冯万金死后，姐妹俩流落到长安，又为赵临收养。其时，赵家也是非常穷困，姐妹俩平时在家打打草鞋换点米油等贴补家用。

后来，两姐妹被卖到阳阿公主家里当婢女，在这个时候，学习了歌舞。这个时候的赵宜主，体态轻盈，舞姿优美，就像凌空之燕，所以，大家才称她为"赵飞燕"。有一天，汉成帝到阳阿公主家里吃饭，公主叫来赵飞燕歌舞助兴，汉成帝看到了她，惊喜异常，阳阿公主猜到了成帝的心思，于是就把赵飞燕送给成帝，赵飞燕于是就跟着成帝进了宫。

赵飞燕入宫之后，很快得到宠幸，不久，她的妹妹赵合德也跟着进了宫。赵飞燕先和班婕妤一样，成为婕妤，后来赵飞燕在成帝面前告许皇后和班婕妤的状，说她们挟媚道而诅咒皇上，这个时候的汉成帝，心思已经不在皇后那里了，于是，就把许皇后废了。

士卒拷问班婕妤的时候，班婕妤据理力争，她为自己这样辩解道："妾闻生死有命，富贵在天，平生修身正己尚没有得到福，怎敢有邪念呢？假使鬼神有知，不会接受那些不合情理的请求，如果他们不知道，我诉之于他们又有什么意义呢？我是不可能这样做的。"汉成帝觉得她的话有理，免了她的罪，赐她黄金百斤。班婕妤知道，她是赵飞燕姐妹二人的眼中钉，日久必定会有杀身之祸，于是，她就请求供养皇太后于长信宫。汉成帝死后，她要求看守陵园，成了成帝的守墓人。死后，她也就被埋在了陵园中。

而赵飞燕姐妹的下场如何呢？汉平帝即位以后，追查起赵飞燕姐妹残灭继嗣一事。这件事其实是在汉成帝时就已经做了，赵飞燕和赵合德为了专宠，指使太监当庭杀死宫人所孕之子。于是，平帝将赵飞燕贬为孝成皇后，迁居北宫。后来，又贬为庶人。当晚，赵飞燕就在宫中自杀而死。

关于这首诗，有专家认为是在班婕妤看守成帝陵园时写下的。我个人对这个意见不能赞同。我认为，这首诗有这么强烈的怨，当是她在供养皇太后时而写下的，也就是在长信宫时写的。如果是在看守成帝陵园时写下的，这些强烈的怨，会随着成帝的死而一点点消解的。

"新裂齐纨素，皎洁如霜雪。裁成合欢扇，团团似明月。出入君怀袖，动摇微风发"，这段以人喻扇。

这首诗，《诗品》一书这样评价："团扇短章，辞旨清捷。怨深文绮，得匹妇之致。"陈祚明在《采菽堂古诗选》一书中这样评价："虑远之词，音节宛约。"《古诗赏析》一书说得更清楚："后四转到恐扇之衰，从秋飙夺热引入弃捐情绝，隐指赵氏。而仍意婉音和，不流噍杀。"

"纨素"，应该指的是精致洁白的细绢。"新裂齐纨素，皎洁如霜雪"的意思应该是这样的：把那皎洁似霜雪的细绢剪裁了。这里的"皎洁如霜雪"不仅指的是绢的白洁，我想，还指的是那颗纯洁的心和当初美好的容颜。这其实和纳兰的那句"人生若只如初见"所表达的意思相差无几，都不过是初见时的美好和心动。

把洁白如霜雪的细绢裁成了合欢扇。这里其实是以扇喻人。"合欢"两字，一直充满了香艳、缠绵悱恻的意蕴。"合欢"，一种植物，又叫苦情树。此树青翠扶疏，叶叶相对，夜则两叶交敛，侵晨乃舒，就像一把把粉色的小扇子，甚为可爱。

当初，两个人就像那洁白的冬服裁成的两把扇子，形影不离，像明月一样充满了爱情的光芒。

"怀"，怀抱的意思。这段的意思是，我们俩当初像裁成的两把团扇一样恩爱，我可以出入于你的怀抱，体会你的温存。"动摇微风发"，这里的"微风"，有春风的意思。这里写的是一种春天般百花盛开的灿烂和温暖之意。这其实是一种两心相悦的暖，是一种彼此给予的温存。

"常恐秋节至，凉飙夺炎热。弃捐箧笥中，恩情中道绝。"这段，在以人喻扇的基础之上深入地抒情。

秋天来了，凉风夺去了炎热的天气，在这个时候，这曾经给所爱之人带来凉风的团扇，就被弃在箱子里了，那些曾经的恩情，就半途断绝了。

"常恐"，经常害怕之意，这里写的是这个女子的内心情态。"箧笥"，盛书册等物的箱子。这首诗写到这里，其实是告别。人生所有的告别，都写在我们的心上，用泪水镌刻。

如花美眷，怎敌得过似水流年？被秋风传唱的情歌，怎么能刻画得了那颗思念的心。

秋天来了，我像那被你弃之于箱子里的扇子，我们之间的恩情走到半

途就断绝了。可惜，秋风不懂，凉意弥漫，可叹记忆如斯，夜夜重来。一首旧情歌，怎能唱出新的歌谣！

也许，所有的情意，如今不过是恩断义绝，让落红成阵，有一个人曾经来过，也曾经爱过。于是，剩下的时光，留给怀念吧。

思君令人老

行行重行行，与君生别离。

相去万余里，各在天一涯。

道路阻且长，会面安可知。

胡马依北风，越鸟巢南枝。

相去日已远，衣带日已缓。

浮云蔽白日，游子不顾反。

思君令人老，岁月忽已晚。

弃捐勿复道，努力加餐饭。

——《古诗十九首·行行重行行》

我是一个脾气很古怪的人，读诗的话，常只喜欢读唐诗，但对于古诗来说，我还是非常喜欢《古乐府》中的那些诗的。它们无比真切，毫不做作，自然地抒发自己的感情，是思念和怀念也好，是男欢女爱也罢，那些文字都是那么自然而认真地指向诗人自己内心的情感，让我们触到他们一颗颗跳动的心。

一直喜欢在暗夜里读《古诗十九首》，因为这其中的诗，只适合在暗

夜里、无比安静的时候，一个人在心里默默地诵读。这个时候，即使被感动，悄悄流出泪水也不要紧，因为此时虽然天大地大，但我觉得只有作者和我两个人存在，共同呼吸着，疼痛着，思念着或怀念着。我们俩像一个诗人写的诗一样：我是一个伤口，贴着另外一个伤口，取暖。

这首诗的作者不知道是谁，《玉台新咏》一书把作者题为枚乘。其实，作者是谁，已经意义不大。这首诗洋溢着一种闺情的味道，也可以把它看成是闺中怀远念别之诗，其中涌动的都是幽深的别情离意。也有专家认为此诗是"臣不得于君之诗，借远别离以寓意"，这样的解诗方法，太不近于红尘人情，我不喜欢。

我就简单地把这首诗看成是思念的诗，跟爱情有关。就像我解读李商隐诗的时候，把李商隐的那些《无题》诗只简单地看成是爱情诗一样，只有这样才能从诗语中剥离掉那些跟诗人的情感毫不相关的东西，让这些文字领我们直直地走向他的心，然后看到他为谁疼痛过，又为谁怦然心动过。

有一首诗是这样写的："不要注视我流泪的脸，迷茫的眼睛里，已经没有回家的方向。昨日流连的地方，别人的身影依然停留。萦绕心头的梦想，已成为众人眼中的风景。"

"行行重行行，与君生别离。相去万余里，各在天一涯。道路阻且长，会面安可知"，这段，写两个人生离之远，相见之难。

"行行"，意思是走啊走啊。"重"，再、又、不停的意思。"行行重行行"这句的意思是，你不停地走啊走啊，离我而去。这句有时间长久，又有距离遥远的意思。这句其实是诗中的女主人公在自己的脑海中幻想而成的结果。这是一种长途跋涉的姿态，归期又在哪里？

读这句的时候，我总是会想到胡淑芬的一句话："在古代，我们不短信，不网聊，不漂洋过海，不被堵在路上。如果我想你，就翻过两座山，走五里路，去牵你的手。"此时，这样的愿望，对于诗中的这个女子来说，却是奢望。因为，她的丈夫走得很远很远，她不可能翻过两座山，走五里路就能找到他。

"君"，是过去对男子的尊称。这两句合在一起，可以这样意译：你走啊走啊，不停地走，不知道你走到了哪里，我和你眼睁睁地就这样活生生地分开了。这样的文字，单纯而真切，质朴而执着，有九转回肠之柔，在我们的心里涌动着。"生离"，有专家解释为生离死别，我觉得这样的解释不完全符合诗意，我认为解释为活生生地分开，应该更好一些。

关于爱情，此时，我们只能远远地旁观，因为，太多人都没有了执着和深情，无法全心全力地去爱一个人。不过，在这首诗里，爱情细微而具体，缠绵而深情。诗里，有专注专一的深情，有全心全意地关注，有不停寻找不停飞翔的念，有仔细而认真的等。

"万余里"，应该只是一个约数，不一定就是那么远。

"涯"，方位词，即方。"天一涯"，就是各在天的一方。"相去万余里，各在天一涯"，写两个人相隔之远。你和我此时中间隔着遥远的距离，各自在天的一方，苦苦地想着对方。我说过，最远的距离不是肉体上的，因为肉体上的距离再远，都可以设法缩短，但心灵上的距离，常常用尽什么办法都无法缩短。

这个女子是多么认真而深深地记着他。其实，对于一对已经分开的人来说，记得是多么艰难。因为，要记得对方，就是要跟时光进行对抗。如果你要记得一个人，就必须把时光打败。雪小禅说："记得多难，一生有多少个夜晚曾经记得呢？弹指一挥，一生就这样散漫过去了，所以，能有惊梦的夜，哪怕一夜，总是会烈火般地铭记在心。"

从他走后，他应该会经常光顾她的梦境吧。我相信会的。

"安"，"焉"的意思。"道路阻且长"这句，应该化用了《诗经》中"所谓伊人，在水一方。溯洄从之，道阻且长"的诗意。这里的"阻"，不仅仅含有拦阻之意，在我看来，更有充满了危险之意。和李清照在《蝶恋花》中"人道山长山又断，萧萧微雨闻孤馆"中表达的意思相同。

李清照的这首词，写的是在赵明诚变了心后，她远赴赵明诚处的一些情况。这个时候，李清照的丈夫赵明诚在莱州，李清照自己还在青州，从青州到莱州虽然算不上远，但她作为一个女子，这一路肯定充满了艰辛。

去往你的道路充满了险阻，我们到底什么时候才能见面呢？这个时候，如果可以拿什么东西去换和他见上一面的机会的话，她一定是愿意换的。著名诗人聂鲁达这样写过："我愿用春天，换取你注视我的眼睛。"这样的深情一往，怎么能不让人心动？

"胡马依北风，越鸟巢南枝。相去日已远，衣带日已缓。浮云蔽白日，游子不顾反"，这段，是两人分开之后的一些情景。

"胡马"，北方长大的马。这里，当指的是诗中女主人公丈夫所骑之马。我怀疑是战马。我很怀疑这个男主角去服了兵役，所以女主人公才悲叹说："道路阻且长，会面安可知。"

"越鸟"，南方的鸟。这句"胡马依北风，越鸟巢南枝"，不过就是上面"相去万余里，各在天一涯"的另外一种写法。

"巢"，用作动词用，是筑巢的意思。"南枝"，向阳的枝头，或向南方的枝头。这句如果意译，可以这样：北方的马依恋着北风，南方的鸟在朝南的树枝上筑巢。马和鸟都这样依恋故土，何况是人呢？

"相去日已远，衣带日已缓"，与"离家日趋远，衣带日趋缓"意思相

近，是说你渐渐离家远了，因为想你，我的衣带都松弛了，暗示人消瘦了。

"衣带"这个词，在古诗词中经常出现。风流词人柳永就用过，他在一首词中这样写过："衣带渐宽终不悔，为伊消得人憔悴。"柳永这里的"衣带渐宽"是因惜取往日的欢情，而这首诗里的"衣带日已缓"，则是因为深深的离恨。"缓"，松弛的意思。这里衣带为什么会松弛下来呢？还不是因为"人比黄花瘦"。

"浮云蔽白日，游子不顾反"，这两句我觉得是她谴责丈夫变了心。"浮云"，天上飘浮的白云，我觉得这里指的是她丈夫爱上的女子。"顾反"，回返的意思。他为什么如今不想返回了呢？还不是因为有了他乡的女子。一朵浮云，就这样轻轻地把她的光亮和她的希望遮去了。

"渡船本来无心，但马头却久久向后凝望。已经负心的爱人啊，去后毫无音信。"一去不返的情人，被默然无声地定格在别离那一瞬间。从此，昔日的种种温存，就像东流之水，一去不返。而诗中这个女主人公的丈夫返回了吗？

"思君令人老，岁月忽已晚。弃捐勿复道，努力加餐饭"，这段，写的是对丈夫的思念和叮嘱。

"思君令人老"这句，我非常喜欢。思念一个人会让人憔悴而衰老吗？在我看来，可以。这简单的五个字，写尽了相思之苦、之悲、之疼、之深。著名诗人艾吕雅在就要离开人世的时候，给他的前妻加拉写了封信："我爱了你20年。我们是不可分离的。假如有一天你孤独而又忧伤，那就再来找我吧。如果我们非得老去，那我们也要在一起老去。"

这首诗中的女主人公，也跟艾吕雅一样，强烈地想和她的丈夫一起老去。因为，正如聂鲁达写的那样："因为，当我们备受生活折磨的时候，

爱情是唯一高于其他浪峰的浪峰,但是啊,当死亡前来敲门的时候,却只有你的秋波对抗那无穷尽的空虚,只有你的光亮对抗那突如其来的黑暗,只有你的爱情把阴影关在门外。"

思念一个人到底是怎样的滋味呢?我想,就算大家没有经历过,也可以从《诗经》中"求之不得,寤寐思服。悠哉悠哉,辗转反侧"这几句中找到答案。

这个女子此时的情态到底是怎样的呢?我们看看雪小禅是怎么写的吧:"⋯⋯如若几十年前,是那后花园里唱戏的女子,依依在水边,日光阑珊的黄昏里,吹笛到天明。心情微潮,因为心里装着一个人,而那个人不曾来⋯⋯"

"弃捐",很多人把它理解为抛弃之意,这样的理解没有什么错误,但还不够具体。在这里,应该是自暴自弃之意。我看百度上有人这样理解"弃捐勿复道"这句:"抛弃了就不要再提起。"其实,这种理解犯了只从字面去理解诗意的错误了。在这里,"弃捐勿复道,努力加餐饭",可以看作是诗人对自己的交代,也可以看作是对所爱之人的交代。

如果看作是对自己的交代,那么这两句可以这样意译:不要再说什么自暴自弃的话,好好地照顾自己,养好自己的身体,等他回来。如果看作是对所爱之人的交代,那么可以这样意译:我不会自暴自弃,你也要保重身体,我会等你回来。

这句"努力加餐饭"到底是什么意思,我们倒是可以从其他的一些诗中找到答案。卓文君在司马相如贫穷的时候,选择跟他私奔,但后来司马相如平步青云后,却要娶小妾,于是卓文君就写了首《诀别书》。这首诗是这样写的:"群华竞芳,五色凌素。琴尚在御,而新声代故。锦水有鸳,汉宫有木,彼物而新,嗟世之人兮,瞀于淫而不悟。朱弦断,明镜缺,朝

露晞，芳时歇，白头吟，伤离别，努力加餐勿念妾！锦水汤汤，与君永诀！"

　　这首诗中的"努力加餐饭"，不就是卓文君这里的"努力加餐勿念妾"吗？努力加餐饭吧，因为，只有活着，我们才能相爱。

所思在远道

涉江采芙蓉，兰泽多芳草。

采之欲遗谁？所思在远道。

还顾望旧乡，长路漫浩浩。

同心而离居，忧伤以终老。

——《古诗十九首·涉江采芙蓉》

古人的诗写得如此情真意切，让人感动。这首诗到底是怎样的诗？在我看来，这是一首非常经典的抒情诗，所抒之情与爱情有关。爱情到底是怎样的呢？有一个外国诗人这样写道："恋爱就意味着做黑夜和白昼的主人。就是阅读第一批燕子写在空中的文字。就是从一个窗户看到黄昏明亮的星辰。就是不知道快乐和悲伤的区别到底在什么地方。就是懂得远方的痛苦是属于别人还是属于自己。"

也许有人会说，爱情是一个狭小的体裁。可是爱情千变万化，又怎么能是一个狭小的体裁呢？

在这个世界，爱一个人，何等艰难。就像《荷马史诗》中写的那样："我怎样才能认出你忠实的爱人？我遇见过许多人，我来自那个神圣的地方，有的人来到这里，有的人去向远方。"

我们在爱一个人的时候，失去的常常远比得到的多，但我们却义无反顾地去爱了，像一只飞蛾，扑了上去。

在当下，抒情诗在一些诗人的眼里，渐渐变得不合时宜，我只能说，这是他们忘却了古人的话。古人说："诗，人之性情也。"《诗人玉屑》一书这样说："三百篇，情性之本；离骚，词赋之宗。学诗而不本于此，是亦浅矣。"

"涉江采芙蓉，兰泽多芳草。采之欲遗谁？所思在远道"，这段，开始是设想，接着就是一往情深地抒发别后思念之情。

许多美好的爱情，不管有美好的结局，还是用泪水洗亮的悲痛作为结局，大都发生在水边。在中国的诗词当中，有很多爱情都跟水有些千丝万缕的联系。一水之源，同归于心。同饮一江水，此心两相牵。这首诗也不例外。

"涉江"，向江中走去。"芙蓉"，指的是莲花。提到莲花，我们自然就会想到美丽的女子。而在我的脑海里，总会出现"并蒂"这个词。

朱淑真曾经写过一首涉及莲花的爱情词："恼烟撩露，留我须臾住。携手藕花湖上路，一霎黄梅细雨。 娇痴不怕人猜，和衣睡倒人怀。最是分携时候，归来懒傍妆台。"

这里的"藕花"，就是荷花。朱淑真在内心深处开始了回忆：携手藕花湖上路，一霎黄梅细雨。这是多久之前的事情呢？但如今，还是清晰地记得他的气息，以及他的体温。她把自己的小手，连同那颗少女澄澈的心，一起递了给他。从此，所有的时光，都是爱情的痕迹，所有的心事，都成人间缠绵旖旎的风景。

一起携手走过的旅途，都是风景。朱淑真分明记得，那天，湖上的风，向他们吹来。风中带有一些荷花和青草的味道，那是一种平淡却持久的芬芳。风很轻，很轻，仿佛他的抚摸。她整个人陶醉在这种美好的境界当中，心都溶化了。

四周都是荷花。此时，那个被爱情滋润的少女，应该比这湖里的荷花，开得更灿烂、更艳丽、更芬芳吧？在他们相爱的时候，那些湖里的荷花，都用尽全力盛开，来成全他们相爱的美好。在这首诗里，又何尝没有上演跟朱淑真这首词中一样美丽的爱情，一样缠绵悱恻的温存呢？

"兰泽"，开满兰花的沼泽地。那么"涉江采芙蓉，兰泽多芳草"这两句，当是这首诗中的主人公，想去河里采些荷花，想去开满兰花的沼泽地采些兰花。然后，"采之欲遗谁？所思在远道"，这两句紧接着自然而然地交代了采这些花的目的。

"遗"，赠送的意思。从《诗经》里就可看出，古人有以美丽的花草赠人的传统。"远道"，远方的道路上。

你趟过江水去采美丽的荷花，去开满兰花的沼泽地采来了芳香的兰花，可是，到底该送给谁呢？我所思念的人在远方。难道诗中的主人公真不知道，她采了这些美丽的花，是送给谁的吗？肯定不会，这样写的目的，只是勾起读者的好奇心，引起读者的关注。

这句"所思在远道"，应该是诗人自己的设想。你采这么多美丽的花该送给谁呢？让我日夜思念的你，却在去往远方的路上。这句，如果这样理解，虽然平白如话，但真的是一片情深，让人感动。

"还顾望旧乡，长路漫浩浩。同心而离居，忧伤以终老"这段，由思乡之情领起，紧接着加重离情的抒发。

"还顾"，回过头来。"旧乡"，从小长大的故乡，这里指故乡。"漫浩浩"，漫漫浩浩，形容道路之远。"同心"，形容男女情感和谐。"离居"，身处两地。

这几句，由离人写起，但在离人的背后，却站着一个等待离人回归的憔悴的身影。有一个人站在孤独而寂寞的春天里，窗外的燕子飞过了一次又一次，寂寞的心想了你一次又一次，时光从手心里一点点地漏去，脸上的泪水掉了一滴又一滴，可是，人还没有回来。

古龙说：世上万物都有可欺之时，唯有时间是明察秋毫的证人，谁也无法从它那里骗回半点青春。世间万物都有有情时，唯有时间心硬如铁，无论你怎么哀求，它也不会给你半点快乐。唯有岁月留下的痕迹，想磨也磨不了，想忘也忘不掉。

从"还顾望旧乡，长路漫浩浩"来看，有征人思妇之疼痛。回过头来去看自己的故乡，通往故乡的道路是多么漫长遥远啊！

"同心而离居，忧伤以终老"这两句，写离情之深。一提到"同心"这两个字，我不知道怎么搞的，就情不自禁地想到那个在西湖边乘坐油壁车一闪而过的苏小小。苏小小有诗这样写道："妾乘油壁车，郎骑青骢马。何处结同心？西陵松柏下。"这里，小小的愿望是多么简单，只是想和一个叫阮郁的男人永结同心。

想当年，苏小小在断桥边遇到了一个少年人阮郁，两个人不知不觉进入到热恋的状态，当时阮郁牵着苏小小的手发誓说："青松作证，阮郁愿和小小一起同生共死。"两人就此定下终身，办了婚事。没过多久，阮郁收到了家里寄来的书信，收到这封书信后，阮郁就离开了小小。因为他是宰相家的孩子，却娶了一个歌妓为妻，父母无论如何是不会同意的。阮郁在压力之下，最终抛弃了小小。

　　小小悲痛欲绝，渐渐生了病。后来，她用自己的钱资助了一个叫鲍仁的书生读书，书生后来科举得中，本来想去娶小小的，可是，有一个官员非要逼小小陪一个叫作孟浪的大官喝酒，小小不肯，被这个官员狠狠地打了一顿，之后，她的身体越来越差，最终闭上了美丽而深情的眼睛。小小临终前对身边的人这样说："欢情如浮云流水，我的心又有谁知道呢？我别无所求，只愿埋骨于西泠，不负我对山水的一片痴情。"

　　不能爱人，只能将自己的一片痴心付于山水，人生的寂寞和荒凉，在小小的身上，体现得淋漓尽致。

　　我们虽然相爱，但就这样分居两地，我们为此悲痛，因此无比憔悴了，然后，渐渐地变老。

　　什么时候，才能和你不离居而终老一生呢？

脉脉不得语

迢迢牵牛星，皎皎河汉女。

纤纤擢素手，札札弄机杼。

终日不成章，泣涕零如雨。

河汉清且浅，相去复几许？

盈盈一水间，脉脉不得语。

——《古诗十九首·迢迢牵牛星》

这首诗的作者有人认为是枚乘，很可疑。而这首诗到底是什么诗呢？历来说法纷纭。不过认为是"忠臣见疏于君之辞"，或"此盖臣不得于君之诗，特借织女寓"之说为大多数。其实，这首诗到底是怎样的诗，于今天看，这个问题已经不很重要。重要的是，我们这些后来的读者自己怎么去读。

就像《诗经》中有"死生契阔，与子成说。执子之手，与子偕老"一样，本来不是爱情诗，是在战场上将士们之间相互勉励的盟约，意思是不管遇到什么样的危难，甚至是死亡，我们都不会独自离开，而是同生共死。这样的感情，没上过战场的人怎么可能明白？

脉脉不得语

虽然《诗经·击鼓》首诗跟爱情无关,可是却被很多人误读为爱情诗,且感动了一代又一代人。难道从一开始就没有人知道它跟爱情无关吗?我看不是。在我看来,这样的误读是美丽的,这样的错误为什么就不能一直延续下去呢?爱情,又何尝不是一场你来我往的争斗呢?所以,这样想想,你就会明白很多。

而这首诗跟牛郎和织女有关,用牛郎和织女之间的爱情,来抒发自己和所爱之人的离情。自古在诗词中写牛郎和织女的很多,但出色的也不过就那么几首,所以,近人俞陛云在《唐五代两宋词选释》一书中这样说:"夏闰庵云:'七夕词最难作,宋人赋此者,佳作极少,惟少游一词可观,晏小山《蝶恋花》赋七夕尤佳。'"

秦观的《鹊桥仙》:"纤云弄巧,飞星传恨。银汉迢迢暗度。金风玉露一相逢,便胜却人间无数。 柔情似水,佳期如梦,忍顾鹊桥归路。两情若是久长时,又岂在朝朝暮暮。"

晏几道的两首《蝶恋花》:"喜鹊桥成催凤驾,天为欢迟,乞与初凉夜。乞巧双蛾加意画,玉钩斜傍西南挂。 分钿擘钗凉叶下,香袖凭肩,谁记当时话?路隔银河犹可借,世间离恨何年罢。""碧落秋风吹玉树,翠节红旌,晚过银河路。休笑星机停弄杼,凤帏已在云深处。 楼上金针穿绣缕,谁管天边,隔岁分飞苦。试等夜阑寻别绪,泪痕千点罗衣露。"

还有纳兰的一首《鹊桥仙》:"乞巧楼空,影娥池冷,佳节只供愁叹。丁宁休曝旧罗衣,忆素手、为予缝绽。 莲粉飘红,菱丝翳碧,仰见明星空烂。亲持钿合梦中来,信天上人间非幻。"

"迢迢牵牛星,皎皎河汉女",这两句,首先写两个人的美好。"迢迢",高而远。"牵牛星",俗称为"牛郎星",在银河的南面。"皎皎",

57

洁白、明亮的意思。"河汉"，银河。曹植在《九咏》中这样写道："牵牛为夫，织女为妇。织女、牵牛之星，各处一旁，七月七日，得一会同矣。""女"，织女星，在银河的背面，和牛郎星一水相隔。

马茂元说："'迢迢'是星空的距离，'皎皎'是星空的光线，'纤纤'是手的形状，'札札'是机的声音，'盈盈'是水的形态，'脉脉'是人的神情。词性不同，用法上极尽变化之能事。"

虽然牛郎和织女两个人在茫茫人海中相遇相识相爱了，但却不能在凡间过上"执子之手，与子偕老"的平凡生活。最后，他们被活生生地拆开，隔着遥遥的银河，无比思念着对方。肖邦在他自己的笔记里这样写道："有一阵子我在我自己心里死去了；不，是我的心在我身体中死去……"这个时候，在我看来，只有两人见面的时候，他们是活着的，剩下的时间，他们都死了。

"纤纤擢素手，札札弄机杼"两句，写织女在织锦时的情态。我怀疑，这里有作者自己和其妻的一些影子。

"纤纤"，形容其手之美。"擢"，是举起摆动之意。"札札"，机杼发出的声响。从这一句可见，织女是多么勤劳。我常想，在这里，难道真的写的只是织女？在我看来，应该也是诗的作者写自己心中所想的那个人，即他的妻子。

"终日不成章，泣涕零如雨"，写的是织女深深的感伤。"章"，布匹上的纹理，代指布匹。"终日不成章"，应该化用了《诗经·大东》中的"跂彼织女，终日七襄。虽则七襄，不成报章"。这句意译是这样的：织女星一天七次移动，虽然这样忙，但她却没有织出好的布匹。

"泣涕零如雨"这句，是极伤极痛的写照。它让我想到一个词牌，叫《雨霖铃》。据说，杨贵妃缢亡以后，玄宗无比思念她，在蜀道的雨中听到

铃声而创作了该词牌。但这句其实是化用了《诗经·燕燕》中的句子："燕燕于飞，差池其羽。之子于归，远送于野。瞻望弗及，泣涕如雨。"

看来，这句"泣涕零如雨"是形容内心之悲伤。这个时候，聂鲁达仿佛在帮她说话："那切开我胸膛的渴望啊，是踏上另一条道路的时候了，在途中她将不会微笑。埋葬钟声的风暴，天旋地转的痛苦，为什么要触摸她，为什么要使她悲哀?"聂鲁达这首诗显然是站在这个女子的立场上为她抒情。

"河汉清且浅，相去复几许? 盈盈一水间，脉脉不得语"，这四句，是写相见之难。这让我想到了我朋友胭脂的诗："皎皎一天月，分照南北人。双城住君我，对月各沉吟。惜我容如花，怜君玉蒙尘。相逢空恨晚，相守更无因。何事皎皎月，同照南北人。 皎皎一天月，同照南北人。君思我如月，我看月似君。月盈未遂愿，月亏徒生嗔。月长千年碧，人无百年身。唯见皎皎月，长照南北人。 皎皎一天月，长照南北人。云间隔一水，今生有几春? 干戈分世路，辗转谁与论? 只将月下曲，吹到夜深沉。可怜皎皎月，分照南北人。"胭脂的文字一直是那么清丽，仿若江南的一个女子，带着一种淡淡而刻骨的忧伤。

《梦雨诗话》一书这样评价最后两句:"'一水间'可望不可即，此距离之妙; 远则邈不可见，近则略无美感。'盈盈一水间'遂成阻隔两情之象征，'不得语'谓眺望亦是一种语言。"

让我们来意译一下"河汉清且浅，相去复几许"这两句:那阻隔了织女和牛郎的银河又清又浅，可是，什么时候二人才能见面呢?

"盈盈"，很多专家认为是形容银河水的清浅，可我认为这里是形容站在银河边的织女的体态之美好。李善注:"《广雅》曰:'嬴，容也。'盈与嬴同，古字通。"《文选》六臣注:"盈盈，端丽貌。""脉脉"，含着深情地望着对方。李善注："《尔雅》曰：'脉，相视也。'郭璞曰：'脉脉谓相视貌也。'"

"盈盈一水间，脉脉不得语"可以这样意译：织女站在银河边，还是那么美，他们含情脉脉地望着对方，却不能亲近。"不得语"，在我看来，就是不能说些温暖的情话。我含情脉脉地凝望着你，你站在我的心上，却是那么遥不可及。就像聂鲁达写的那样："我要我所热爱的事物继续活下去，要你，我爱得最深，并为你歌唱的最多的人，继续生机勃勃如花一样盛放；这样你就可以接触到我的爱指引你去接触的一切事物，这样我的影子就可以沿着你的头发旅行，这样一切事物就可以明白我歌唱的理由。"

这个时候，织女也许在这样默默许愿：和我隔了山隔了水隔着今生来世的人，我一直在祈求，能和你在归去之前，和你抱在一起取暖。

飞梦到郎边

春草醉春烟，深闺人独眠。

积恨颜将老，相思心欲燃。

几回明月夜，飞梦到郎边。

—— 范云《闺思》

范云，生于 451 年，卒于 503 年，字彦龙，南朝梁文学家。今河南人。他的诗清丽婉转，让人喜爱。其实，古乐府诗最让我感动的地方就是真切地抒情，自然地表达，没有那么多让人难懂的典故。

这首诗是一首闺情诗。闺情诗，总是逃不掉叹息、寂寞、孤独和思念。独自一个人，且只能独自一个人，承受着思念、孤独的夜夜敲击。就像阿桑在《叶子》一歌中的吟唱："我一个人吃饭旅行，到处走走停停，也一个人看书写信，自己对话谈心。只是心又飘到了哪里，就连自己看也看不清，我想我不仅仅是失去你……"

不能回头，就只能继续走下去。内心的余烬，仍然可以缠绵着，但最终燃痛的却是自己。心心念念的人，离自己最远。一颗心，到哪里能停下来，不再流浪？

夜阑人静，一心如星，划过时光的天空，留下了什么可以让他找到你？你固执地打开了自己的心，像点亮一根蜡烛，试图将他引领。聚散容易，而你却将自己搁浅在通向未来的路上，静静地聆听着自己心灵的逝水，呼唤着春暖花开。

孤独，越积越多的孤独，如影随形。这是不是某种定命？时光无尽，你内心的思念，就算再用力盛开，似乎也只是徒劳无功。情事消磨，车水马龙的忧伤，总是夜夜轻轻地路过你的心。红尘很深，深得似乎都要隔断了今生的情缘。

无边沧海，是不是再怎么用心，迟早都只能变成桑田？

"春草醉春烟，深闺人独眠"，这句写深闺的寂寞。春天来了，花朵开了，内心的思念也应该醒了吧？花红柳绿，在心尖上，呼唤着一个人的名字。

春草醉在春烟里，日子就是这样安静。而在这样的岁月静好中，有一颗心，刻写着思念的细节。这样的孤寂，只有文字才能读懂。失重的心灵，给了思念，完成最为沉重的一次坠落。

世事沧桑，由不得我们自己任性。爱情，往往在开始时一目了然，但走着走着，就不知道该如何和心爱的人同行，渐渐地就把自己留在一个小天地里。

这个女子，在春草醉在春烟中的美好氛围中，觉得爱情离她很近，但温存却无比遥远。一切的温存，似乎已经退到千山万水之外。没有似是故人回，有的却是花落人亡两不知的绝望。

"深闺人独眠"，这句写的是内心的情感。其实，深的不是闺房，而是人心。可能已经倦怠了自己内心的思念，但又不能拒绝思念，这样的反反

复复，让她自己都很厌倦。

被辜负了的心，悄悄掩藏起来，让它渐渐地冷下来。庭院深深深几许？终只能是无能为力，与爱人别离。

"积恨颜将老，相思心欲燃"，这两句，写的是内心因为汹涌的思念而生出的愁苦。

荡气回肠的寂寞，只是一个没有温存的结局。一个人的名字，就是深夜里的叹息，而风带着月光轻轻地传唱了起来。曾经的刻骨铭心，刺青成如今的孤寂。

为什么还不回来？女为悦己者容啊！你不在的日子，她的容颜都憔悴了，内心的愁苦越积越多。那些心上流动的痕迹，有着一种怎样的走向，也许只有他才能找出来。

最珍贵的情感，或许永远只能是自己收藏。一颗心，已经被思念浸透。那被思念燃尽的心中满是灰烬。静静地在心上焚一个人的名字，在香气四溢的时候，让心一瓣一瓣地掉下来，它们却瞬间长上了翅膀，飘摇着飞向远方。

"几回明月夜，飞梦到郎边"，这两句写的是相思之深。相思如刀，在心上刻下了每一个细节，让人可以沿着它找到你。

其实，独吟"几回明月夜"的人，在因为一个人失眠。几回明月夜，哪能得温存？这句就像黄景仁那句"几回花下坐吹箫"一样，不过是怀念过去。

明月清风，多么美好的时光，却落得个"良辰美景奈何天，赏心乐事谁家院"？也许，夜未央，心已凉，路还长。不管如何相思，不过都只是

春梦一场，点点滴滴尽是虚妄。用心去爱，也换不来另外一颗心的地久天长。

多少次，她在明月之下徘徊；多少次，她在明月之下呼唤；多少次，她在明月之下放飞心的白鸽，渴望飞达你的世界。只是，相思的花开，从头至尾都只是她一个人的努力，有着绵绵不尽的忧伤。

她多希望能在梦中飞到他的身边啊！可梦毕竟只是梦，无法成真。为什么要在自己的心里想着这样的梦呢？不过是证明，她的思念之深之强。

就像晏小山一样，就算做梦，我也要梦入江南烟水路，行尽江南，我去找你。即便这样的找寻，最终只落得个"不与离人遇"的结局。请原谅，原来花事仓皇，思念的时候，有什么已经悄然熄灭。

一个人的努力，不过是一个永远在异乡之人的跋涉，没有故乡！

本知人心不似树

衔悲揽泣别心知，桃花李花任风吹。

本知人心不似树，何意人别似花离。

——萧子显《春别》

萧子显，生于 489 年，卒于 537 年，字景阳，今江苏武进人。南朝齐高帝孙，从小就异常聪明，好学博读，其诗婉约清丽。

这首诗还是一首闺情诗，诗中所写的是一些怨恨。自古人意，薄于云水，当人心似水各东西的时候，什么都留不住，什么也不曾拥有。

痴心女儿古来多，深情男儿哪见着？是啊，深情的男人，在茫茫人海当中，会有几个？所以，鱼玄机的命运才那么悲惨，她才决然提笔写道："易求无价宝，难得有心郎。"

曾经的一切，如同过去的笑颜，用所有的花开，盛放了内心细致入微的愿，在眉眼之间，流淌出这一生唯一一次的彻底燃烧。

沧海桑田，在一瞬间就已经写成永恒的结局。内心的花朵还在开着，可是，刚一转身，风就轻轻将其吹落。无边无尽的尘埃，掩埋了只如初见的刻骨铭心。有多少爱，就该有多少寂寞吧！

付出了一切，才发现自己又回到了原点。

"衔悲揽泣别心知，桃花李花任风吹"，这两句写的是离别之难。古人对于离别是非常重视的。

"衔悲揽泣"，写的是这个女子在他离开时内心的极度悲痛。"衔"字用得甚是鲜活形象。她犹如一只鸟，衔着悲痛在每一个夜里啼叫不止。

"衔悲"，可见这个女子对男子的深情，从这里可以看出她视爱若生命。"揽泣"二字，我十分喜欢。"揽"，轻轻搂抱的意思。在这里，不论是"衔悲"还是"揽泣"，都是她内心的一种情态描写，写的都是她哽咽失声的悲痛。

也许就像柳永在一首词中写的那样："……执手相看泪眼，竟无语凝噎。念去去、千里烟波，暮霭沉沉楚天阔。　多情自古伤离别，更那堪、冷落清秋节！今宵酒醒何处？杨柳岸，晓风残月。此去经年，应是良辰好景虚设。便纵有千种风情，更与何人说？"

此处一别，此去经年，应是好景虚设，便纵有千种风情，更与何人说？即使能说，又能说什么呢？

"别心"，有人认为指的是别人。我觉得这样的解释根本就是牵强附会。这里当指的是心里离别的悲痛。

"桃花李花任风吹"一句，是无可奈何的悲叹。有晏殊那种"无可奈何花落去"的被命运挫败的悲凄之感。有人认为"桃花李花"是实景，我想说的是，别忘了它也可能是以景衬情，用"拟人"的手法来比喻女主人公和她所爱的男子。

"任风吹"这三个字，写得何等无奈啊！爱情或人生，本就如花，只能任由命运的风慢慢吹散，只能如此，只能如此。而他们也只能被命运之手拆开。

"本知人心不似树，何意人别似花离"，这两句是抱怨。"本知人心不似树"，有晏小山"可怜人意，薄于云水"之叹。人心不是树，是强调人心易变，无从留住。就像纳兰写的那样：却道故人心易变。

人心哪里能成为树，不走不移呢？这种不走不移可能在小说中才有吧。我记得早年看过一本韩国小说《菊花香》，中有这样一段话："我的爱不会因任何人而动摇，因为，我是一棵树，只有把根扎在你心里才能活下去。一棵树，一旦扎下根，就决不会再挪动，哪怕干枯至死。我也想成为一棵那样的树，怕我的爱从此再也不能回头……"

一个名字被栽入心中以后，渐渐扎下了根，怎么能被连根拔起呢？

"何意人别似花离"，这句是写人情似花开花落。"何意"，为什么的意思。为什么人别离那么像一朵花儿的凋落，不能挽回？

内心此时能整理出来的，也许只能是孤独和悲痛。千帆过尽皆不是，一心如江水悠悠。心心念念的人仍驻守于心，已经无法承载起时间所给的答案。

世事如棋，如何能作春闺梦里人？漂泊的命运，在这有限的岁月里，一定会模糊了一个人的名字。

人生不过就是一朵花，落在手掌上的时候，若是能够接到，就算最终从指缝落掉，也留下一手芬芳。年年岁岁，无非就是花开花落、夜写诗行而已。

一滴泪水从一张娇好的脸上滚落，多像一片花瓣，掉落在尘埃里，有一种让人快要窒息的疼，暗暗流动。

你转身之后，我的心若花瓣，片片凋落，有诗意的悲痛，为我写下一行行带着余温的文字。

妾持一生泪

明月何皎皎，垂幌照罗茵。

若共相思夜，知同忧怨晨。

芳华岂矜貌，霜露不怜人。

君非青云逝，飘迹事咸秦。

妾持一生泪，经秋复度春。

——鲍令晖《代葛沙门妻郭小玉作》

鲍令晖，南朝宋人，是著名诗人鲍照的妹妹，今山东省临沂市人。她才情横溢，诗歌清丽婉转。

鲍照一直为这个妹妹而感到骄傲，他曾经上书皇帝说："臣妹之才，自亚于左芬，臣才不及太冲尔。"这里鲍照把他兄妹和左思、左芬两兄妹做了对比，不过，鲍照很谦虚，他认为自己的才华不如左思，而其妹之才却和左芬不相上下。

左思和左芬是何许人也？

左思，字太冲，临淄人，西晋著名文学家。左思其貌不扬，却辞藻壮丽。不喜交游，唯以闲居为事。作《三都赋》，自以所见不博，求为秘书

68

郎。赋成，被世人所喜。左芬，字兰芝，我国较早的女诗人之一。少好学，善诗文，为晋武帝妃嫔。

过去，不是所有女子都能识字并会写诗，这首诗就是代郭小玉写给她丈夫的情诗。该诗情深无限，让人触碰到了女子内心的柔软和芬芳。

从诗句来看，郭小玉的丈夫当是从军了，所以在家里的她日夜思念丈夫，于是请鲍令晖替自己写了这首诗寄给他。其实，到底寄没寄，已不得而知。

只是那份沉重的思念，穿越千古，一直寄送到了我们现代人的心里。

"明月何皎皎，垂幌照罗茵"，这两句写的是夜景。闺怨诗，基本上都是这个套路。这两句写的是一个女子，在一个明月朗照的夜里的孤独和寂寞。

"明月何皎皎，垂幌照罗茵"，化用了《古诗十九首》中"明月何皎皎，照我罗床帏"的诗意。"皎皎"，洁白、明亮的样子。"何"，怎么。

明月，自古就是一个团圆的意象，可是在这里却充当了一个孤独和寂寞的角色。朋友胭脂写道："皎皎一天月，分照南北人。双城住君我，对月各沉吟。惜我容如花，怜君玉蒙尘。相逢空恨晚，相守更无因。何事皎皎月，同照南北人。"

月亮怎么这样明亮，那是因为女子脸上的泪吧？心中人，眼中泪，泪中事。这才是折磨女子内心的关键。

在这个夜晚，女子思君如满月，夜夜减清辉。思念，从心灵的寂寞之处悄然发芽，长出诗意的翅膀，猝然向一个人飞去。只是，骊歌缓行也只能换得长夜和一盏孤灯寂寞地分享自己内心重重叠叠的心事。

"幌"，帷帐。"茵"，垫子、褥子或毯子。明月透过窗户照了进来，照在帐子和罗缎织成的褥子上。这句"垂幰照罗茵"字面上看起来描写的是景物，其实写的是这个因为明月而心念远人的女子的情态。

有些心思，在深夜里，踽踽独行，让人荡气回肠。辜负了大好时光的心，一定在一些还未获得的温存中，等待坠落。心在远方，哪里都是流浪。

"若共相思夜，知同忧怨晨"，这两句写的是情态。有专家认为这里的郭小玉，其实是一个弃妇。什么是弃妇？就是被丈夫抛弃的女子。对于这两句，赵沛霖是这样理解的："特别值得注意的是，在'共相思夜'之前意味深长地加了一个'若'字，说明相思共夜只是她的一厢情愿，而根本不可能成为现实了。所以，她的悲伤的泪水无穷无尽，将伴随她可怜的一生：为那永远失去的青春而悲，也为那一去不复返的爱情而悲。"

是啊，就连相思都成奢侈，谈其他的，还有什么意义？

"芳华岂矜貌，霜露不怜人"，这两句写情的无力。内心无比茫然，如铺天盖地的雪，一大片静寂，一大片惶惑心事，如暗香飘零，让这个女子的内心，已经寒气透骨了。

"芳华"，美好的年华。此时，这个女子的脸，依然姣好，只是她的心里却刻满了难言的忧伤。波澜不惊的疼痛，有着优雅的身姿，一转身后，暗暗落泪。

"霜露不怜人"，让我想到了黄景仁的"为谁风露立中宵"。这里的"霜露"，真的仅仅是自然界中的霜露吗？在我看来不是的，这里的"霜露"是拆开他们的势力，也是那个远在他乡的丈夫。写到这里，她的泪，应该滑落下来了吧，倾泻着幽怨和纠缠。

美好的年华，也不能因为容貌而自负，因为，时光之轮从来都没有停止过向前。总有老去的一天，季节从不会因为人而改变，更不会怜惜人。

"君非青云逝，飘迹事咸秦"，这两句是自我安慰。"青云"，高空之上

妾持一生泪

的云朵。"飘迹",流浪的身影。"咸秦",秦都咸阳,这里应该代指郭小玉丈夫服役的地方。

这两句可以这样意译:你不像高空之上的云朵那样飘逝,你的身影在远方服役的地方。这是她给自己内心的一点鼓励和安慰吧。这种想法,大概是一厢情愿的想法吧。有的时候,现实真的过于残酷,让人难以接受。

"妾持一生泪,经秋复度春",这两句,是全诗最为深情的情态描写。从时间上写泪,衬托内心之悲之痛的长久。

一个"持"字,用得相当精彩,增加了诗的灵动性。我拿着自己一生的泪,去为你一年又一年地哭泣!

这般深情,未必就能感动那颗已经转身离开的心。有的时候,物是人却非,悲情难慰藉。道理就是如此简单,但在某些时候,我们看不清也不能懂。

不能忘记,只能孤独并疼痛地带着,默默前行。但这样的努力,意义何在? 也许,活着,有些事情不必去问有没有意义吧,只要心安就好!

何处结同心

妾乘油壁车，郎骑青骢马。

何处结同心，西陵松柏下。

——苏小小《西陵歌》

苏小小的这首情诗，历经时光的打磨，至今仍然光亮而温暖。读这首诗的时候，总是让我觉得，世上最美的是邂逅，令人惆怅的却是擦肩而过。是啊，世界上最为残酷的，是让两个本不可能遇到的人遇到，遇到后一方倾尽所有去爱，最后却发现这个人原本不值得这样用心，就像张爱玲爱上胡兰成。

苏小小，到底是何许人？据郭茂倩《乐府解题》所注，她是南齐时人，钱塘名妓。她和秦淮八艳中的董小宛和柳如是一样，都特别爱好诗词歌赋，喜欢那些有才华的书生，可是，这样的人往往命薄如纸。

西陵（今作西泠）在钱塘江西，杭州西湖旁边。宋代的大词人苏轼曾经游览西陵，寻到小小埋葬的地方，为她立碑，后来苏小小的墓就成了一些文人墨客们喜欢的游览之地。今天杭州西湖边，仍然还有苏小小的墓，到底是不是真的，这个我就不敢肯定了。

如果想读懂这首诗，我们还是先来看看苏小小的爱情故事吧。

　　苏小小，就生长在杭州西泠桥边，她生下来时就长得很漂亮，后来慢慢地展现了她的聪慧和过人的记忆力。苏小小的父亲是个读书人，在父亲的影响下，她喜欢上了诗歌。可惜，小小很小的时候，父亲就亡故了，母亲为了养活她，忍辱做了妓女，小小十几岁时，她的母亲也病故了。

　　母亲病故后，小小也入了青楼，不过，她仍然酷爱诗歌。据说，她写过这样一首诗：燕引莺招柳夹途，章台直接到西湖。春花秋月如相访，家住西泠妾姓苏。这首诗歌得到了快速而广泛的传播之后，小小才名远扬。很多书生和贵族公子哥儿都慕名而来，可是，她都避而不见。

　　有一天，苏小小坐上油壁车出去游春，遇到了一个骑着青骢马的年轻人，这个人彬彬有礼，一脸斯文模样，交谈之中，小小看出他颇有才华。后来她才知道这个年轻男子叫阮郁。阮郁惊异于小小的美丽，对她念念不忘。

　　才子和佳人的故事，总是缘于这样美好的开始。两个人分别之后，阮郁心不能安，后又去找了小小，这样一来二去，两个人就熟悉了，两颗年轻的心彼此靠近，互相温暖。两个人相爱了，这是可以让天地做证、可以大声呼唤出来的事情。

　　后来，阮郁的家人把他招了回去，这首诗是在阮郁临走时，小小唱出来的。阮郁回到家后，才知道他的父亲在家里已经为他定好了亲事，阮郁抗争不过，百般无奈地和别人结了婚。这件事情很快传到了小小这里，小小痛断肝肠，那么热诚的一颗心，瞬间就凉了下来。而在这个时候，当地一个非常有钱的人对小小打起了主意，小小百般不从。于是，这个有钱人就买通官府，把小小抓了起来，关进了牢房。

　　小小这弱女子哪里禁得起这样的折腾呢，于是，身体越来越虚弱。后来，虽然出狱了，但她的身体却每况愈下。再后来，她又遇到了一个贫穷

的书生叫鲍仁，小小拿钱资助他进京考试，鲍仁果然考中，待他回来找小小报恩的时候，小小已经死去。鲍仁就出资把小小安葬在西泠桥畔，让她可以时时看到西湖美丽的景色。

这个故事很长，在这里，只是简写了几笔。

"妾乘油壁车，郎骑青骢马"，前两句，写二人的相遇。

"油壁车"，古人所坐的一种车子，因车子用油涂饰，所以得此名。车子四周都装了幔子，让人看不清楚里面所坐之人。"青骢马"，青白相间的马，我觉得这应该是匹名贵的马。

我们无法知道小小和阮郁是怎么相识的，按常理，应该是她的车子和阮郁的马发生了交通意外，所以两个人这才搭上话。有人说是阮郁所骑的马和小小的车子快要撞在一起了，阮郁勒紧马缰，差点从马上摔下来，这才让小小下了车子。其实，不管事实到底是怎样的，这样的场景常常让我们想起纳兰容若的"人生若只如初见"。人生初见，眼里都是彼此的容颜，脑海中都是彼此的笑容和声音。

有人说，爱情其实就是美的诱惑，我觉得，说得相当有道理。如果阮郁不是风流倜傥，或者小小长得很丑，两人还会一见钟情吗？他们还会爱上彼此吗？我看很难。"情人眼里出西施"这句话，只适用于热恋之后。

在某个特定的时刻，两个人就这样遇见了。两双眼睛交换着彼此的温柔，时光已经静止，静得只能听到彼此急促的呼吸和两颗心热烈的跳动。时光正好，送我进入你的心怀。此时，她会是一朵花吧，开在阳光之下，灼灼其华。

相遇容易，两个人能真心相爱是难的。所以古人才说："故有终身不得，而反得之一语；历年不得，而反得之邂逅。厮守追欢浑闲事，而一朝

隔别，万里系心。千般爱护，万种殷勤，了不动念，而一番怨恨，相思千古。或苦恋不得，无心得之；或现前不得，死后得之。故曰：九死易，寸心难。"

盛大的红尘中，我们只是一粒微尘吧，而遇到另外一粒微尘，是多少渺茫的机会啊！所以，从第一见的触碰开始，就注定了彼此的深陷。谁都无法再回头。

"何处结同心？西陵松柏下。"这两句，写得深情。

两个人是两朵春花，在风中渐渐展开幽深的内心，交换彼此的心意。而花到荼蘼，花事就了，时光无尽流逝，谁都无力留住。

那个时候，两颗年少的心，该是热烈的，哪能想到明天？轰轰烈烈地去爱，可能也会忘却了，过于美好的花开，一定凋谢得更快。再美的沧海，迟早会变成桑田，因为时间。

思无邪，而情永生。坐在这样的文字里，一颗心，会觉得生命如花，落得那么快，而那曾经付出的情太重太重，让人捧不起来。

西陵的松柏可以做证，两个年轻的身影，曾经那么用力而温暖地拥抱过。那个时候，她的眉尖心上，有着一个人的名字，有着相怜相惜的尖锐的痛。

那个时候的她，妖娆着自己的美好，而在他的眼里却是渐渐苍白。也许，正如一个叫胭脂的才女写过："得不到、已失去、求不得的才入木三分。"是呢，曾经的同心空结在渐渐流逝的光阴里。

情深缘浅，是故事最后的结局。再用心也不可能描绘出爱情的完美。在尘世之上，让心心念念，吹一缕风悬在自己的思念之外，孤独而寂寞地吹。

小小是有怨的，所以李贺才这样写道："幽兰露，如啼眼，无物结同心，烟花不堪剪。草如茵，松如盖，风为裳，水为佩。油壁车，夕相待。冷翠烛，劳光彩。西陵下，风吹雨。"我想，最同情和了解小小的，可能就是这个鬼才诗人李贺了。

无物结同心，烟花不堪剪。不堪剪的还有寂寞，还有孤独，还有回忆。

一个诗人说，我的寂寞比影子长。

后来，也只有风声、雨声、松涛声，陪伴着小小度过一天又一天。而那个叫阮郁的男人的背影，已经远若云烟，无迹可寻。

不忍复双飞

昔年无偶去，今春犹独归。

故人恩义重，不忍复双飞。

这首诗，我第一次读到的时候就喜欢，为诗里的深情而感动。

王玉京，南朝梁卫敬瑜之妻，她嫁给卫敬瑜没多久，卫敬瑜就丢下了她撒手西去。虽然她和卫敬瑜在一起的时间并不长，但感情却非常深，卫的死对于王玉京来说，是个非常沉重的打击。

卫敬瑜死后，王玉京还很年轻，她的父母不愿意看她那么孤独无依，于是，就力劝她改嫁，可是她不愿意。为了表示自己不再改嫁的决心，她竟把自己的耳朵割了下来，并再三告诫她的父母，不要再来劝她改嫁，否则她会一死了之。

据说，她每年都在自己丈夫的坟前种树来表达对他的思念，时间久了，她丈夫坟前已经有了100多棵树。这些树枝叶连在一起，很难分辨是哪棵树上的，为此，她还写了一首《咏柏诗》来表达对丈夫的思念。诗是这样写的："墓前一株柏，连根复并枝。妾心能感木，颓城何足奇?"

这首诗表明她对已经死去的丈夫的深情，认为她对他的深情，丝毫不

比那个哭倒长城的孟姜女浅。这些深情的女子，这样的举动确实让人感动。可是我觉得，不应这样苦待自己，死去的人应该希望生者更好、更幸福地活下去！

玉京家的屋梁上有一个燕子窝，一双燕子每年都会来。有一年，那只雄燕子受伤，最后死了，只剩下雌燕子孤独地守着这个窝。到燕子快要离开的时候，她把燕子捉了下来，在燕子的脚上系了一根红绳，希望来年回到这个窝里的还是这只燕子。第二年春天，飞回这个窝里的仍然还是那只燕子，此后往复六七年之久。据说王玉京死后，这只燕子飞到她的坟前，哀鸣而死。

"昔年无偶去，今春犹独归"，这两句，借燕子来阐明自己内心的状态。

我想，在这首诗里，她写的不是燕子，而是她自己。这只燕子孤独而寂寞的身影，其实就是她自己的身影。整首诗浅显易懂，又情深无限、哀伤不已。

"昔年无偶去"，从表面上看写的是燕子的孤独，其实写的是她自己的孤独。去年你一个人孤独地飞走了，而我又何尝不是孤独地在这个尘世之上漂浮着，像一枚浮萍，起起伏伏，无法安定呢？

这首诗，跟元好问的那首《摸鱼儿》一样，写的都是禽鸟有情。元好问是这样写的："问世间、情是何物，直教生死相许？天南地北双飞客，老翅几回寒暑。欢乐趣，离别苦，就中更有痴儿女。君应有语，渺万里层云，千山暮雪，只影向谁去……"

"昔年无偶去，今春犹独归"，跟元好问的"天南地北双飞客，老翅几回寒暑"形成强烈的对比和反差，和"渺万里层云，千山暮雪，只影向谁

去"所表达的意思相同。

如今，你一个人飞过天空的时候，会不会想起曾经共同飞过的那只鸟现在在哪里？是不是偶尔会想起它？

去年你独自一个人飞走，今年你又孤独地飞了回来，飞到原来的地方，孤独地守望着内心温柔的疼痛，等它悄悄降临。这样的纪念，看似深情，实则荒凉。

"故人恩义重，不忍复双飞"，这两句是全诗的点睛之笔。故人恩义重，我怎么能复双飞呢？其实，这不是在写燕子，这是王玉京在写她自己内心坚决守节的志向。

透过时光，那些情感沉淀为诗，内心因为真情抒发的忧伤，附着于心，纷纷如叶飘飞。故人从前对我那么深情，我怎么忍心再去另结新欢呢？

今月曾经照古人。是啊，这轮深情的月亮，如今仍旧照着一代代痴情的姑娘，而在流光溢彩的流年变幻中，告别和重逢，都不过是一声叹息！

残妆和泪湿红绡

柳叶双眉久不描，残妆和泪湿红绡。

长门自是无梳洗，何必珍珠慰寂寥。

——江采萍《一斛珠》

江采萍何许人也？在杨贵妃没有进宫之前，她是唐玄宗非常宠爱的女子，今福建莆田人。她的父亲是个医生。江采萍很小就展现了文学才华，后来，高力士出使闽粤，看她漂亮，于是就把她选进宫，带到玄宗面前，兰心惠质的她，深得玄宗的喜欢。

江采萍性喜梅，在她所住之处，遍植梅花。所以，众人又叫她"梅妃"。曹邺著有《梅妃传》一书，就是专门为她写的。她虽然得到了玄宗的宠爱，但好景不长，自从杨玉环进宫之后，她便被打入冷宫，和汉代的班婕妤是同样的结局。

杨玉环是一个占有欲很强的女人，哪里能容得下她这个眼中钉呢？

唐玄宗虽然时常也想去看看梅妃，但往往杨玉环要从中作梗，最后杨玉环直接就让唐玄宗把梅妃迁到上阳宫里。寂寞的江采萍写了一首《楼东赋》，渴望玄宗能再次临幸她，而这个赋差点要了她的命。

有一次，唐玄宗在花萼楼召见外国的使者，使者进贡了上好的珍珠，

玄宗命人秘密地送了一斛珍珠给梅妃，梅妃坚决不要，并写下这首诗，她告诉太监，要他把这首诗和这些珍珠呈给玄宗。

"柳叶双眉久不描，残妆和泪湿红绡"，这两句，写自己的惨况。

"柳叶"，指眉。古人看一个女子美不美，一般有如下标准：看她是不是有一头乌黑油亮的头发，有没有两条细长而弯曲的眉毛，是不是有一张樱桃小嘴，有没有整齐洁白的牙齿、白嫩的皮肤，有没有一双会说话的大眼睛。

"柳叶双眉久不描"，这句其实是写她被玄宗冷落后的情态。因为，他不宠幸她了，她连妆都不想化了。化了妆又有什么用呢？反正他又不会来。这个敏感而聪慧的女子，她是懂得"女为悦己者容"这句话的意思的。

她无疑是想念他的。我的朋友胭脂写道："我心早知，再不要以日后怀想的态度，来对待与你这一场的非比寻常。无论他日彼岸回首，是长乐，是未央，是喜剧还是悲剧收场。尽这般妄执个地老天荒，你我两两相望。"

这个时候的梅妃是孤独而寂寞的，甚至是绝望的，可是不管她如何妄执个地老天荒，也不过是她一个人的望穿秋水，没有多少现实的意义。那双渴望的眼睛，该是哭尽了泪吧。

这个时候的梅妃，已渐渐地从玄宗的心中撤离了。这个时候，她的内心百无聊赖。化妆有用吗？反正他是不会欣赏的。

"残妆和泪湿红绡"，这句写得更是凄惨。"残妆"，已经残败并渐渐褪色的妆容。在这里，也可以理解成泪水把妆都弄花了。"红绡"，红色的丝织品。

残妆和泪合在一起，湿了红绡。能湿了红绡，该要多么悲痛、多么长久地流泪才行啊！人生的盛大欢喜，此时，在梅妃心里，也是离殇。那些

初见的瞬间，如鱼一样在她的脑海中游动，回忆落满心城。

悲欢离合总是怨吧。花前月下的海誓山盟，应该还历历在目，可是，如今君心冷漠，无从追寻。

"长门自是无梳洗，何必珍珠慰寂寥"，这两句是抱怨，亦是悲叹，更是抒情。

"长门"，指的是长门宫，汉代长安别宫之一，在长安城南。这里曾是汉武帝陈皇后的居所。

据说，当年陈皇后遭到武帝的冷落之后，就在长门宫如梅妃一样冷清地生活着，后来，她知道汉武帝喜欢读司马相如的赋，于是，就拿了千金找到司马相如，司马相如为她写下一篇《长门赋》，武帝读后，大为感动，于是与她重修旧好。

梅妃是在告诉玄宗，我在这里和当年的陈皇后一样被冷落，我又不装扮自己了，要你的珍珠有什么用？言下之意是，我要你的爱！可叹如今不少女孩子，都以追求金钱和享受为乐，忘却了该怎么得到一个男子内心深厚的爱。

独栖在上阳宫里的梅妃，觉得再稀世的珍宝都无法和玄宗的爱相比，这样的领悟，也许只有经历了这样大起大落的人才能明白。女道士鱼玄机也曾经说过类似的话："易得无价宝，难得有心郎。"

诗的后两句可以这样意译：我被你冷落在这里，已经不再注意自己的容貌，而你送给我珍珠，又有什么用呢？我已经不看重这些了，你何必送这些安慰我内心的寂寥？

她此时需要的不是珍珠，而是男人的爱。可惜，这个男人的爱，此时已经完全地离她而去，很远很远了。

　　玄宗是一个诗人，他看到了梅妃这首诗之后，想起昔日的欢爱，闷闷不乐，于是就让乐府以新声度之，号《一斛珠》，后来，成了一个词牌名。

　　安史之乱中，梅妃死在乱兵的刀剑之下。一朵梅花，彻底凋谢在这个无情的人间。

情人怨遥夜

海上生明月，天涯共此时。

情人怨遥夜，竟夕起相思。

灭烛怜光满，披衣觉露滋。

不堪盈手赠，还寝梦佳期。

——张九龄《望月怀远》

每当重新读起这首诗时，我总会觉得，时光仿佛在我一眨眼之间就飞走了，就像一个人唱的那样：我的青春小鸟一去不回来。是啊，当读这首诗的时候，我总是会想起一些人和事，它们已经成为记忆，隐藏于我内心隐蔽的角落。

解读这首诗之前，让我们先来了解张九龄这个人。张九龄，字子寿，一名博物，今广东韶关人。进士及第，官至中书侍郎、同中书门下平章事、中书令。后罢相，为荆州长史。有《曲江集》。他是一位有胆识、有远见的政治家，同时也是著名的文学家和诗人。

有人这样评论这首诗："《望月怀远》是一首月夜怀念远人的诗，是作者在离乡时，望月而思念远方亲人而写的。起句'海上生明月'，意境雄

浑阔大，是千古佳句。它和谢灵运的'池塘生春草'，鲍照的'明月照积雪'，谢朓的'大江流日夜'以及作者自己的'孤鸿海上来'等名句一样，看起来平淡无奇，没有一个奇特的字眼，没有一分点染的色彩，脱口而出，却自然具有一种高华浑融的气象。"

我不知道，为什么非要把这首诗坐实为思念远方亲人而写的，亲人这个词，如果细分，可以有很多种。我觉得，这首诗，当是丈夫思念妻子的作品。

张九龄虽然铁骨铮铮，但无情未必真英雄。远在异乡的他，怎么可能不想家？思念远人，一直在唐诗宋词中默默地涌动着它深情而抒情的血液，让人感动。

月亮，在唐诗宋词当中，早已成为思念、孤独、寂寞和乡愁的代言人。自古写月亮的诗词数不胜数，但能写得这么好的，却是屈指可数。

"海上生明月，天涯共此时。情人怨遥夜，竟夕起相思"这四句，从月写起，以月衬情，写得相当有境界。他让我想到王国维评价冯延巳词的一段话："冯正中词虽不失五代风格而堂庑特大，开北宋一代风气。"这段话是什么意思呢？王国维是说，冯延巳的词，虽然带有五代的风格，但是他的词境界开阔，气势恢宏，开北宋一代风气。

而张九龄的"海上生明月，天涯共此时"，给我的感觉就是境界开阔，气势恢宏。王国维认为"以境界为最上。有境界自成高格，自有名句"。他又说："有造境，有写境，此理想与写实二派之所由分。然二者颇难分别。因大诗人所造之境必合乎自然，所写之境必邻于理想故也。"他又说："境非独谓景物也，感情亦人心中之境界。故能写真景物、真感情者，谓之有境界，否则谓之无境界。"此说乃深谙诗词之道也。

这句"海上生明月，天涯共此时"，就是王国维所说的"造境"，是诗

人在自己的脑海中遥想之境界，不一定是真实的景色，但却能给人一种空旷而博大的感觉，让人脑海中情不自禁地想起了大海之上，悬挂着一轮明亮的月亮。这种场景，更多的是需要我们自己的想象力去勾画。

"海上生明月"这句，跟张若虚的"春江潮水连海平，海上明月共潮生"一样，都是造境之大成者。

一轮明月照孤影，天涯共此时。到底这里的"此时"是什么呢？我觉得，是今夕千余里，双蛾映水生。是独见伤心者，孤灯坐幽室。是夜长无与晤，衣单谁为裁。是此处离乡客，遥心万里悬。是离居分照耀，怨绪共徘徊。是延照相思夕，千里共沾裳。是今情不得语，频使桂华空。是空声两相应，幽感一何深。是思君如满月，夜夜减清辉。是怀君不可见，望远增离忧。是对此空长吟，思君意何深。是我寄愁心与明月，随君直到夜郎西。是何时倚虚幌，双照泪痕干。是别后相思人似月，云间水上到层城。是情知两处望，莫怨独相思。是相思路渺渺，独梦水悠悠。是问甚时与你，深怜痛惜还依旧。是长向月圆时候，望人归。

一轮明月自海上缓缓升起，这个时候，最是孤独、寂寞的时候。当一轮明月从我的心尖上缓缓升起的时候，我便开始坠入思念的深渊。这个时候，我情不自禁地想起了这样的诗句："在东边的山尖上，挂上了明洁的月儿。玛吉阿米的脸庞，又荡漾在我的心上。"

是的，这个时候，肯定也有一张脸，荡漾在张九龄的心尖之上，像一条条丝，穿过他思念的心房。刻骨铭心的一种痛感，拖着长长的尾巴，像一颗流星划过夜空。有一个人，一直在我的温暖之外。这是人间最沉重的痛。当我想你的时候，你却不在我的身边，只有一轮月亮，照着我心间无言的伤痛。

"情人怨遥夜，竟夕起相思"这两句，紧接着开始了情感的涌流。"情

人"，有很多专家解释为张九龄自己，这样解释，又犯了过于坐实的毛病。这个词在我看来，指的是那些站在月下思念的人。"遥夜"，相隔遥远的漫长夜晚。这句"情人怨遥夜"让我想到了清朝的黄景仁，他这样写过："悄立市桥人不识，一星如月看多时""似此星辰非昨夜，为谁风露立中宵"，这样的深情，这样的无奈，这样的思念，这样的疼痛，当下的人，还有几个能体会？

"竟夕"，指的是整个夜晚。思念一个人，整个夜晚都在思念一个人，这样的滋味，有谁能够完全体会？从我们爱上那个人开始，我们的心其实就不是我们自己的了。爱会使我们设身处地地为所爱的人着想，这个时候，我们就变成了对方。

著名作家张小娴有一本散文集叫《爱上了你》，她在这本书的前言中这样写道："爱上了你，身边的世界骤然变得安静了，就在那短暂的片刻，我在镜花水月的生命中抓住了幸福。只要还跟你一起，就连思念都是甜蜜的折磨。"这个时候，张九龄根本就没有这种甜蜜的折磨，因为，他没能和自己的妻子在一起。

爱情，是今生一场艰难的磨炼和煎熬。

"灭烛怜光满，披衣觉露滋。不堪盈手赠，还寝梦佳期"，这段，用写物的笔法来勾画自己的内心情态，最后把自己内心的情感推到最高潮。

这里的"怜"字，是可爱和怜惜的意思。《子夜歌》中有"宿昔不梳头，丝发披两肩。婉伸郎膝上，何处不可怜"。这里的"可怜"，也是可爱的意思。她那娇羞的样子，让人无比怜爱。

"灭烛"这个动作，是那么轻盈，但却隐含着一种沉重。蜡烛有心还惜别，为谁流泪到天明？把蜡烛吹灭了，剩下的，只能是满满一层的孤独、

87

寂寞、相思或怀念吧。把蜡烛吹灭，那很圆满的月光就通过窗户流到房间里来了，它们是那么洁白而明亮，那么让人怜爱。这句也可以这样理解，这通过窗户流到房间里的明亮的月光，和这个如此美好的夜晚，这个时候，因为没有人和他一起共享，所以，让人觉得多么可惜。

他已经吹灭蜡烛上床睡觉了，为什么还要披衣起来呢？或许，我们可以从《诗经》中找到答案，《关雎》里这样写道："窈窕淑女，寤寐求之。求之不得，寤寐思服。悠哉悠哉，辗转反侧。"当那个人，在转身之际就成了我们悬而未决的牵挂，它最终会在灯火里冉冉重现。靓丽的容颜，婀娜的曲线，辗转无寐一定会加重这个思念之人内心的心灰意懒。

翻来覆去的无眠，占据了重蹈覆辙者的漫漫长夜。灯下之人，除了失眠，除了对月仰首长叹之外，还能做些什么？或许，只能在自己内心里一遍遍追想或假设，在不能如愿的惋惜中消磨自己内心的孤独时光，消耗掉自己不多的青春。

但还是由于自己内心的思念过于强烈，竟至毫无睡意，于是，决定起来出去走走。他坐起来，披上衣服，推开门，走到院子里，呆呆地立在院中，想着一些往事，一些人。

似此星辰非昨夜，为谁风露立中宵？这个时候，对一个人的思念，其实就是暗夜里自己内心的深情和寂寞交织在一起所用力盛开的花朵。曾经爱过一个人，已经很深，深得没了自己。但有无怨无悔的心，告诉自己，这只是我自己一个人的天荒地老，与风无关，与雨无关，与岁月无关，却不能和你无关。

这里的"满"字，我觉得，可以用才女李清照的《一剪梅》这首词来解释，她这样写过："红藕香残玉簟秋，轻解罗裳，独上兰舟。云中谁寄锦书来，雁字回时，月满西楼。　花自飘零水自流，一种相思，两处闲愁。

此情无计可消除，才下眉头，却上心头。"李清照的这首词跟张九龄的这首诗一样，都是思念远人或离人的作品。这里的"月满西楼"跟"灭烛怜光满"的意义大体相同。

"滋"，应该是湿润、滋养的意思。露水，应该在夏天至霜降之前的这段时间都有吧。庭院里，应该有些花花草草的，所以他在院子里走动的时候，衣服也被露水轻轻沾湿了，这让他觉出了一些凉意。

"不堪盈手赠，还寝梦佳期"这两句，写得真是无比深情。"不堪"，在这里可不是不能承担、不能忍受的意思，应该是不能的意思。"盈"，这个字在《古诗十九首》里出现过，里面有首诗是这样写的："迢迢牵牛星，皎皎河汉女。纤纤擢素手，札札弄机杼。终日不成章，泣涕零如雨。河汉清且浅，相去复几许? 盈盈一水间，脉脉不得语。"这里的"盈盈"，有专家学者认为指容貌。但在张九龄这首诗里，"盈"应该是满溢的意思。"还寝"，回去睡觉。"佳期"，两个人约会的时间。

通过以上梳理，那么"不堪盈手赠，还寝梦佳期"这两句，我们完全可以这样理解：我多想把这明亮皎洁的月光，捧满在我的双手，让它流到你的床前，把我对你的思念带去，向你倾诉。可是，这样的想法是多么幼稚而天真，是不可能实现的，所以，我还是回去重新入梦吧。因为，在梦中我可以和你相遇。

可是，"梦入江南烟水路，行尽江南，不与离人遇"的这种遗憾，却还是有的。遇或不遇，一颗诗心都在那里，不走不移。佳期从来都如梦啊!所以著名词人秦观才这样无比心痛地感叹道："柔情似水，佳期如梦。"

纵然有柔情似水，但春梦从来都是梦，梦醒后，一场空欢喜而已。

此物最相思

红豆生南国，春来发几枝。

愿君多采撷，此物最相思。

——王维《相思》

王维的这首五言诗，流传千古，可谓是爱情名篇。王维，字摩诘，蒲州人。工诗善画，博学多才。历来都认为他的诗"诗中有画，画中有诗"，有极高的艺术造诣。他是我国古代山水诗的艺术大师。贺裳这样评价他："唐无李杜，摩诘便应首推。"有《王摩诘集》传世。

这首诗，真的是浅白易懂，朗朗上口。古来写相思的诗歌，多不胜数，但这首怎么选却也不会被落下。

红豆树又称相思树，产于岭南，木本蔓生，树高丈余，其叶似槐，其花开似皂荚，其荚似扁豆，其子大如小豆，半截红色，半截黑色，彼时人采之以嵌首饰。

红豆是相思树结的果实。这棵树怎么来的呢？据说，古时有一个人死在边地，其妻在一棵树下哭死，这棵树也就成了相思树。所以，"红豆"又叫相思子，因它是相思而结下的果实。

一直以来，人们习惯用红豆来比喻相思。梁武帝在《欢闻歌》中这样

90

写道："南有相思木，含情复同心。"另有诗云："红豆不堪看，满眼相思泪。"

安坐于相思树下，最远的天空下，有最近的人，有最深切的悬念。而在红尘的流离失所中，掬起的往往是自己不能忘却的记忆。

"红豆生南国，春来发几枝"，这两句真的是诗中有画，画中有诗。从"红豆生南国"这句，我们就知道写的是离情。

"红豆生南国"，像一幅风景画，展现在我们眼前。到底是什么意思呢？是不是可以意译成：我日夜思念的人在南方呢？

南方，一直是多少人心里的梦啊！南方到底有什么呢？一个现代诗人说：南方，有我日夜思念的姑娘。一针见血地指出南方这个词语蕴含的意义。在诗人海子的诗中也有一个南方，这个南方，一定也有他心里所想过的姑娘。

春来发几枝，枝枝芬芳。很多时候，在有限的人生岁月里，能遇到一个可以让自己全心全意思念的人，不管结局如何，都是一种幸福。

心里因为多了一些思念，无限繁华，都成为指尖无语的流光，切切的思念，都化作浅吟低唱。在一朵花开的时间里，你遇见我，你看见我，眉间心上满是忧伤。

一枝一叶，可是过尽千帆的惆怅？寂寞地开着自己内心最真的花朵，让沧桑过尽，用一次花开，偿还另外一次花开，用文字记下曾经的刻骨铭心。

相思若酒，醉了几人？发自于心，流于天真，一如花开，多么尽兴。

"愿君多采撷，此物最相思"，这两句，其实是鼓励。愿你多采撷一些红豆，因为它最能表达相思了。

爱情充满幻变，结局在悲欢中铺陈开来，而时光永远都是那么匆匆，快乐一闪即逝。剩下的光阴，该月移花影动了吧。

"采撷"，采摘。这句"愿君多采撷"，不能不让我想到唐诗中另外一个女子的歌唱。杜秋娘在《金缕曲》中这样唱道："劝君莫惜金缕衣，劝君惜取少年时。花开堪折直须折，莫待无花空折枝。"趁着年轻，应该有一场轰轰烈烈的恋爱，有一次说走就走的旅行。这里的"愿君多采撷"，怎么都让我觉得就是杜秋娘唱的"花开堪折直须折"。这些不过是在告诉我们，相爱的时候，请多用心，请认真。

我愿你多采摘我心上的思念，因为，它最能知道我的心意，因为它们都是为你而生的。寻芳而来时，为情折了枝。年年岁岁，无非就是，红豆长了又长，落了又落。

在岁月的手掌上，红豆会是一颗跳动的心，记录着时光的变迁、人情的冷暖吗？好吧，就让我用极简单的姿势，把手心朝上，你轻轻地放上一颗红豆，然后，我饮下你眼眸中的那一片蓝海，为你生生世世吟风弄月。

如今，就用这种方式爱你吧！让红豆打开自己，让我们的心再深情一些，让短短的人生，情感再长一些！

不共楚王言

莫以今时宠，能忘旧日恩。

看花满眼泪，不共楚王言。

——王维《息夫人》

王维写这首诗时，据说才二十岁。王维为什么要写这首诗呢？《本事诗》一书这样记载："宁王曼贵盛，宠妓数十人，皆绝艺上色。宅左有卖饼者妻，纤白明媚，王一见注目，厚遗其夫取之，宠惜逾等。环岁，因问之：'汝复忆饼师否？'默然不对。王召饼师使见之，其妻注视，双泪垂颊，若不胜情。时王座客十余人，皆当时文士，无不凄异。王命赋诗，王右丞维诗先成：'莫以今时宠，能忘旧日恩。看花满眼泪，不共楚王言。'"

这首诗写的不过是一种无法改变的深情。据说王维写出这首诗以后，宁王还算知趣，把卖饼人之妻归还给了卖饼人，让他们重新团聚。故事虽然开始并不美好，但最后还算有个美满的结局。可又有多少相爱的人，被拆开之后，终生再也没能相互见到啊！

如果想读懂这首诗，我们需要把王维后两句"看花满眼泪，不共楚王言"中所用的典故简单给大家介绍一下。这里的"楚王"，指楚文王。"不共楚王言"的人是被喻为"桃花夫人"的息妫，据说是春秋时期四大美女

之一。她是陈国人，因为嫁给息国国君息侯，所以又被后人称为"息夫人"。

春秋时期，诸侯竞起，战火纷飞，息国和蔡国是当时的两个小国，息国国君息侯和蔡国国君蔡侯所娶的同是陈国的女子，有人还认为两个人所娶的陈女还是近亲。不过，蔡侯却早就对息夫人有了意思。

有一次，息夫人回娘家省亲，途中经过蔡国，蔡侯不怀好心地说，作为一国之君，息夫人路过蔡国，他一定要尽地主之谊。酒宴之上，一开始蔡侯还能保持风度，到了后来就开始毛手毛脚了，息夫人哪里受得了这样的无礼，于是带领手下的侍从拂袖而去。

息夫人的遭遇被息侯知道了，他很是生气，认为蔡侯欺人太甚，于是就想找个办法教训蔡侯。息侯派人去给楚国进贡，请楚国攻打蔡国。楚文王出兵，攻破蔡国并抓住了蔡侯，但他没有处死蔡侯，蔡侯趁机在楚文王面前说，息国的息夫人美艳绝伦，楚文王动了心，于是下令把息侯抓住，并把息夫人据为己有。

息夫人开始想自杀，最后为了能见到息侯决定忍辱偷生。她要求楚文王不要杀死息侯，自己愿意服侍他。楚文王为了博得息夫人的欢心，答应了她的要求，让息侯成了一个守都门的小兵。时间长了，楚文王渐渐对息夫人放了心，在一次楚文王出去打猎的时候，息夫人跑到城门口去见了息侯。

两人这一见，真的是肝肠寸断，紧紧抱在一起，说着深情的话。平静下来之后，息夫人认为他们是生不能在一起了，于是痛哭着用力撞上城墙，息侯还没反应过来，息夫人已经死去。息侯看到息夫人死了，完全没有了活下去的想法，于是也一头撞死在城墙上。

"莫以今日宠，能忘旧日恩"，这两句是王维叮嘱那个女子，不要忘了过去的爱。

人始终活在变化之中，就像顺子唱的那样："人也许会变，是因为经过了时间。"尤其是爱情，真的常常是变幻莫测，所以，感叹情缘不久，抱怨情人变心的诗词多的让人觉得人情凉薄。

唐朝著名女道士兼诗人鱼玄机这样写道："易求无价宝，难得有心郎。"卓文君也感叹道："……闻君有两意，故来相决绝……愿得一心人，白首不相离。"其实，人心有的时候真的经不起时光的消磨。

班婕妤对这种情绪表达得更为激烈："新裂齐纨素，皎洁如霜雪。裁成合欢扇，团团似明月。出入君怀袖，动摇微风发。常恐秋节至，凉飙夺炎热。弃捐箧笥中，恩情中道绝。"到了唐朝，很多人只知道唐玄宗和杨玉环的爱情故事，却不知道，在杨玉环的背后，还有一个叫江采萍的女子。

江采萍在杨玉环没有进宫之前深得唐玄宗的宠爱，但杨玉环进宫之后，她就被打入了冷宫。有一次玄宗想起了她，派人送了些珍珠给她，她拒绝了，并写了一首这样的诗："柳叶双眉久不描，残妆和泪湿红绡。长门自是无梳洗，何必珍珠慰寂寥。"你都不在我的身边了，我要珍珠又有什么用呢？说来说去，还是指责玄宗变了心。

"莫以今日宠，能忘旧日恩"这两句，可以这样意译：不要以为今日被人宠爱，就可以忘了过去另外一个人对你的宠爱。

"看花满眼泪，不共楚王言"，这两句，如果以上《本事诗》中所记载的情况属实，那么，就是王维对宁王的劝告。

这里用了息夫人和息侯的故事。话说息夫人被楚文王据为己有之后，长达三年多的时间都没有和楚文王说过一句话。楚文王非常想不通，一定

要息夫人说出为什么不说话，息夫人最终开口说："我一个妇人而事二夫，不能守节而死，又有什么脸再面对别人，又有什么理由再说话呢?"

这句，是从心里不接受对方的一种表示。这两句可以这样意译：就算我看到花联想到了自己的生命，就算我因此痛断肝肠地哭，也不会跟你楚王说一句话的。

王维其实是在告诉宁王，你看楚文王为了一己之私，葬送了两条人命，破坏了好几个人的幸福。你把她霸占着有什么用呢? 你又得不到她的心。既然是这样，你为何不把她还给她丈夫呢? 这样才是两全其美的结局。

能以完美的结局收场，是我没有意料到的。虽然开始不幸，但最后以完美的结局收场，也算不幸中的万幸了。当然，这里有王维的功劳。

爱情是强求不来的，就像一句俗话所说：强扭的瓜不甜。不能得到另外一颗心的认可，所有的努力都没有意义。

长相思

长相思，在长安。

络纬秋啼金井阑，微霜凄凄簟色寒。

孤灯不明思欲绝，卷帷望月空长叹。

美人如花隔云端。上有青冥之长天，下有渌水之波澜。

天长路远魂飞苦，梦魂不到关山难。长相思，摧心肝！

——李白《长相思》

长相思，这三字含有让人柔软的深情。它是从汉乐府诗中的句子化用来的。比如"上言长相思，下言久离别"，比如"生当复来归，死当长相思"，再比如"行人难久留，各言长相思"。

王国维在《人间词话》中这样写道："大家之作，其言情也必沁人心脾，其写景也必豁人耳目，其辞脱口而出无矫揉装束之态。以其所见者真，所知者深也。持此以衡古今之作者，百不失一。此余所以不免有北宋后无词之叹也。"

王国维到底在这里想表达什么呢？在他看来，名家高手的诗词，言情一定会沁人心脾，写景一定会让人耳目开阔如临其境。其辞脱口而出，真切自然，没有雕琢斧凿的人工痕迹。这是因为他们观察细致，理解透彻深刻的缘故。所以说，只有发自内心的情感，才是真切而感人的，才能打动人。

李白这首诗是一首情诗，"辞清意婉，妙于言情"。李白写出了一个陷于相思之苦中的人内心汹涌的情愫。在这些情愫的背后，是无边无尽的寂寞和孤独。

"长相思，在长安。络纬秋啼金井阑，微霜凄凄簟色寒"，这四句，从一开始就定下了诗歌的基调。从前两句，就开始抒情。

"络纬"，一种虫名，又叫促织，就是我们大家所熟知的蟋蟀。《古今注》这样说："莎鸡一名促织，一名络纬，一名蟋蟀。促织谓其鸣声如急织，络纬谓其鸣声如纺绩也。按今之所谓络纬，似蚱蜢而大，翅作声，绝类纺绩。秋夜露凉风冷，鸣尤凄紧，余谓之纺绩娘，非蟋蟀也。"

其实，不管这种虫子是不是蟋蟀，在秋夜露冷之时，这样的叫声，都是凄凉而哀伤的。所以这种虫子在古诗词当中，只要一出现，必定跟思念、怀念、寂寞这些词语有关，到了后来，这种虫子直接就成了这些词语的意象。

"金井阑"，装饰华丽的井上的栏杆。这里，首先点明了这个人的身份。在过去，贫穷人家的井，哪里能装饰这么华美呢？"金井"这个词，在唐诗宋词中通常跟"梧桐""络纬"等词搭配在一起，用来表达一种凄冷、闺怨的气息。

"长相思，在长安"，首先告诉我们，这个日夜思念着的人住在长安。京城长安，在唐时是多少读书人的梦想之地啊！十年寒窗无人问，一朝成名天下知。这个日夜思念着的人啊，在哪里？就在长安。

雪小禅说过："如果你迷恋一个城市，一定是迷恋城市中的人。如果你厌恶一个城市，一定也是厌恶这个城市中的人。"这个女子如此迷恋这个城市，一定是这个理由。因为，在长安，在她自己的心里，一次次行走着一个人的名字，步履轻逸如风。

镜头随着时光的流逝而推移，有一个人缓缓出现在我们眼前。她望眼欲穿，无可挽回地失落了自己。

"簟"，制作精美的席子。在这样的秋天，一个名字被一次次提及，一段往事在脑海中浮现，这均是因为爱情而生。所以，这一切在寒冷的空气中，变得温暖、丰富和柔软。

这样的一个个夜晚，一个人，一扇打开的窗户，一张制作精美的席子，在蟋蟀的叫声中，显得落寞异常。这里的"簟色寒"，不过是因为这个思念的人内心太过凄冷的缘故。所以，一切的景语，皆是自己内心所体验的情绪。

"孤灯不明思欲绝，卷帷望月空长叹"，这两句，写女子失眠时的一些情景。"孤灯"，又是孤独和寂寞的衬托。一盏孤灯，就是一颗无法熄灭的心吧。

这个时候，女子的内心是失望的。但就像雷十一写的那样："决绝固然具有戏剧性的效果，但更像一个失去记忆的人的表现，缺乏激情，没有说服众人的能力。因为只要被爱情攫住过心灵的人，都十分清楚一个道理：'即使爱情令我们失望，尽管爱情令我们失望，因为爱情令我们失望，爱情仍是我们唯一的希望。'"

是的，爱情是失望，但同时也是希望。在一盏孤灯之下思念的人，面黄肌瘦，而内心的消瘦可能更甚于肉体的消瘦。就像一个诗人说过，为你我就瘦了这一把骨头吧。如此的深情，在这个女子的心里也一样汹涌地流动着。

为什么她会这样呢？也许，我们可以从雪小禅那里找到答案，她说："此生深情，密集地放在一个人身上，止于此，止于爱。想同生共死，一定是真爱……渴望老，老了，坐在法桐树下，细数旧日光阴曾经如何翻转，夜夜不睡。"

"思欲绝"三字，写出的是一种内心无比煎熬和折磨的感受。思念一个人，无疑是一种煎熬和折磨。那个时候，自己仿佛已经不再是自己，而变成了心中所思念的那个人。为什么会在这个时候这样忧伤呢？那是因为，孤灯之下，鸳鸯失伴独自飞，而且飞得相当累。

"帷"，帐子。因为思念他而越来越深地失眠了，睡不着，于是索性卷起帐子，起身站起望月怀远。南北同一月，可怜却是分照两处人。她用心地思念着他，可是她不知道那个人是不是也一样思念着自己？她不能确定。所以，望着月亮，她空自叹息。

对月一长叹，此时暂无欢爱缘。可是，等到后来，就会在一起了吗？

"美人如花隔云端。上有青冥之长天，下有渌水之波澜"，这几句写的是他们之间的距离和思念之深重。

"美人如花隔云端"，化用了枚乘的诗"美人在云端，天路隔无期"之意。专家认为这里的"美人如花"，指的是这个女子的丈夫。我觉得这样的理解太过牵强。为什么就不能用他的视角写起呢？在我的理解当中，这里写的是这个女子和她丈夫的距离。

"青冥"，天空。"渌"，清澈的样子。如今，她仍然是一个美丽的女子，但离他太远。"上有青冥之长天，下有渌水之波澜"，我觉得跟白居易的"上穷碧落下黄泉，两处茫茫皆不见"所表达的都是一种不易接近的距

离，唯一不同的一个是生离，一个是死别。

"天长路远魂飞苦，梦魂不到关山难。长相思，摧心肝"，这段写的是相思之苦。她一个人，长相思，在长安。而她所思念的人呢，却远在边关。

"关山"，指边关或边塞。虽然天长路远魂飞苦，但若是让我的心不想你，怎么可能呢？所以，长相思，摧心肝。

这样的真心，这样的深情，如同花开，花瓣落去，剩下的只是枝丫，站在寂寞里，等着时光一点一点地带走色彩，在流年似水中，寂然无声，独自荒凉。但幸好，我们都曾经爱过，在这个荒凉的世界里，残存的回忆，可以暖一下彼此的心。

这样深情的歌声，拼尽全力地唱着，而我，却已无言。

相思渺无畔

人道海水深，不抵相思半。

海水尚有涯，相思渺无畔。

携琴上高楼，楼虚月华满。

弹着相思曲，弦肠一时断。

——李季兰《相思怨》

第一次读李季兰的时候，内心就深深喜欢。有的时候，读者和作者之间，确实也需要缘分。就像张爱玲所说的那样：于千万人之中，遇见你要遇见的人。于千万年之中，时间无涯的荒野里，没有早一步，也没有迟一步，遇上了也只能轻轻地说一句："哦，你也在这里吗？"

在解读这首诗之前，我们先来认识一下李季兰。李季兰，名冶，字季兰。新、旧《唐书》无传，《直斋书录解题》著录其诗一卷，已散佚。《全唐诗》存其诗十八首又八句。事迹散见于《中兴间气集》卷下、《太平广记》卷二七三引《玉堂闲话》、《奉天录》卷一、《唐才子传》卷二。《中兴间气集》卷下有李季兰《从肖叔子听琴赋得三峡流泉歌》，诗云："妾家本住巫山云，巫山流泉常自闻。"据此，李季兰早年应居三峡地区，后才

移寓乌程（今湖州市吴兴区）一带。

李季兰，据说生于唐玄宗开元初年。《唐才子传》上说她："美姿容，神情萧散。专心翰墨，善弹琴，尤工格律。当时才子颇夸纤丽，殊少荒艳之态。"

由这个记载来看，李季兰是一个才貌双全的女子。不仅人长得漂亮，还读过诗书，甚至还懂点音律，更难得的她还不是一个做作的女子。所谓的"腹有诗书气自华"，在李季兰身上，得到了很好的印证。

这首诗，是一首闺怨诗，我们从诗歌的标题就可以看出来。这首诗，到底是写给谁的呢？很可惜，没有确实的记载，我也不想做无谓的猜测。

在李季兰的心里，肯定和很多的女孩子一样，隐藏着一个让她无法忘记的名字，一段让她无法忘记的爱恋。这是一段刻骨铭心的记忆。那个人的微笑，如同一根火柴，在她的心里，微弱地闪烁着苍白的火焰。

一些情感的痕迹，一些青春的影子，一些思念的泪水，在这首诗中，不停地向我们奏响。那些哀凄的声音，如同一只被箭射中的燕子，跌落在尘埃中，泣血悲鸣。

"人道海水深，不抵相思半。海水尚有涯，相思渺无畔。"

这段可以这样意译：人人都说海水很深，可是，在我看来，都不抵相思的一半。海水虽深，但是还有尽头可及，对一个人的相思，却渺茫而没有尽头，无法触及。

其实，在这个世界上，最深的不是海，而是人的心。一串串思念中的清泪，就是一把把刀子，把自己的内心剖开了，却无法剖开现实。

相思因为离别，顿显深厚而缠绵。离别因为相思，倍显寂寞、孤独和疼痛。

也许，只有自己知道，在那深不可测的相思的中心地带，有没有一个温暖的拥抱，有没有一个会心的微笑。也许，永远都只有孤独和寂寞，都只是回忆和怀念。

那落在回忆、怀念和相思当中的心，安静下来，这一刻，可以听到对方的足音，在自己的心里渐渐远去的声音，可以听见自己的血液，在缓慢地流淌。也可以感觉到那些过去的温存和情爱，在自己的指尖慢慢冷却。更可以听到，那些无法忘记的过去，在心尖上，还在努力地燃烧，用尽一切地燃烧。

相思，也许是为自己所爱的人，在心里点亮一盏守候的灯火，等候那没有归期的到来。此时，自己的心，会在这盏灯火中，静静地亮着，深情地倾诉着那一往情深的痴和爱。而此时，我们就是沉默的倾听者，在它们面前，我们永远都没有权利发言。

读"海水尚有涯"，总是让我想到晏几道的词："可怜人意，薄于云水，佳会更难重。"一个是"有涯"，一个是"薄于"，读起来都是那么痛。

"相思渺无畔"是对爱无法把握的叹息，和那句"天长地久有时尽，此恨绵绵无绝期"一样读着让人心疼。晏殊曾经说过："无穷无尽是离愁，天涯地角寻思遍。"只能这样吗？是的，也许只能是：闲役梦魂孤烛暗，恨无消息画帘垂。且留双泪说相思。

"携琴上高楼，楼虚月华满。弹着相思曲，弦肠一时断。"

这段可以这样意译：独自携琴上了高楼，月光洒满孤寂的房间，我寂寞地弹着内心的相思，一直弹到自己无比悲痛。

读"携琴上高楼"这句，我总是会想到秦观。秦观的一首《浣溪沙》中，也有过相似的情绪。这首词是这样写的："漠漠轻寒上小楼。晓阴无

赖似穷秋。淡烟流水画屏幽。　自在飞花轻似梦，无边丝雨细如愁。宝帘闲挂小银钩。"

　　秦观的这首小词，甚是经典，把一个思妇的形象，清晰地为我们勾画了出来。个人觉得，在古典诗词当中，"高楼"或"小楼"都是闺怨的代言人，其后深隐着孤独、寂寞、失落、思念和悲痛。

　　李季兰为什么带着琴上楼呢？我觉得，此时，琴是她的朋友。一个真正懂音乐的人，琴音，也是她的心音。闺中寂寞，可能只有通过琴来倾诉吧。

　　"月华"，月亮的光芒。"月华满"，应该指的是圆满的月亮。什么是圆满的月亮呢？此时不过就是苏轼所说的"但愿人长久，千里共婵娟"吧。

　　月亮，在古典诗词当中，一直都是充满了思念和闺怨的词语。李白有一首诗这样写道："玉阶生白露，夜久侵罗袜。却下水晶帘，玲珑望秋月。"这首诗的题目叫《玉阶怨》，诗的题目起得相当好，很能概括诗意。

　　月亮，在古典诗词当中，是思念，更是离愁。那一个人，在转身之际就成了悬而未决的牵挂，又在深夜的灯火里幢幢重现。他的容颜，他的身影，似触手可及，但又无法拥入怀抱，尤其加重了思念之人的绝望和心灰意懒。

　　停止弹琴后，只能安静地坐在窗前，任由自己的思绪蔓延开去。这颗执着的心，思念的心，几乎都在一遍遍追寻和假设，在不能如愿的惋惜中消磨着夜的时光。

　　当阅读者在时光的裂缝中，试着用心重新拼出她在诗歌中所呈现给我们的那一幕时，我们将吃惊地看到一张似曾相识的面孔，犹如从阴霾中漏下的一道光线，那正是自己心目中的人，依然那样的美丽，依然那样的具有昙花一现的惊艳。事实上，阅读者真正的所见，并不是文字记录出的形象，而是触摸到了自己内心深处的柔软。这种接近到足以让人心领神会，又远离到足以使人忧伤的文字，是神奇的。

李季兰的这首诗，起于绝望，终结于忧伤，让人无意中获得简单而又无限的想象，像黑夜已深时，那种无眠的孤独感，有忧伤悄无声息袭来；又仿佛落日下默默经过的那条河，清澈透明，却具有逝者如斯的无可奈何。据此我深信：即便这种忧伤从未发生，当字句从唇边滑落的一瞬间，忧伤即落地生根。

李季兰在这首诗中的"楼"，为什么是虚的呢？我个人觉得，这个"楼"，应该是远处的楼。也就是说，她一定站在窗前凝望着远方。凝望着远方干什么呢？因为远方有她思念的人，有她牵挂的人，有她恋恋不舍的人。如果照着这样的解读方法延伸下去，那我们就能看见一个女子纤细的背影。

这个背影，仿佛是一根钉子，被诗句楔进了时光里，怎么也无法拔出。远方，远方，是遥不可及的地方，是无法亲近的地方。海子说：远方除了遥远，一无所有。李季兰是不是也是如此绝望呢？

坦率地讲，在回忆往事的时候，李季兰还能记住什么？真的还能记清那张脸？我想，这可能是一个无人知晓的问题。爱情之花，芬芳艳丽，然而不是花期太短就是春天转瞬即逝：有的花永远开而不现，有的花即开即谢，有的落地成泥，有的像鸟一样飞走。

她为什么偏要在这个时候，执着于相思呢？无人知晓。也许只是因为，恰在这个时刻来临的回忆，才令她写出了这么凄哀的句子，这么苦涩的味道，这么孤独的深情。爱着，却无法亲近，着实令人伤悲和寂寞，仿佛谁在黑暗里喊了一声你的名字，你却怎么也无法把他找到。

直到回忆再次浮现的时候，她才知道，他仿佛是一场雨水，早已悄然离开。他的离开，带着很多东西，就像回忆的来临一样让人无法防备。他

离开之后，除了叹息，除了暗暗地疼痛，她无法做出更加有效的反抗。

有时候觉得，这首诗可能是李季兰爱情的终结，但如果你深入地去读诗，抛下偏见深入诗情当中，也许你会发现，这才是刚刚开始。这些词语，简单而清晰，但和叹息中的话语如出一辙，充满了不甘、不舍的情绪。我发现，如果没有诗歌这面镜子，所有的情感，将缺乏重生的可能性，而枝蔓衍生的痕迹，恰恰是展开情感的预兆，酸楚而又忧伤。

因为只要被爱情攫住过心灵的人，才清楚一个道理："即使爱情令我们失望，尽管爱情令我们失望，因为爱情令我们失望，爱情仍是我们唯一的希望。"（朱利安·巴恩斯）因为这种幸福和痛苦能使心灵忘记其他一切的苦恼。这些，早已像针一样，扎在李季兰的心里。

叶芝曾经在一首诗中这样写过："我们被爱情凋谢的时间围绕着，此刻我们忧伤的灵魂已疲惫不堪。分手吧，趁着这最后的激情时节，只留一吻一泪在你低垂的额前。"

不管如何，李季兰最终都没能和自己所爱所等的人走到一起。这个结局，显得太过残酷。但这就是爱情，当一切结束，我们只能默默地面对分离，在日渐褪色的记忆里，唯一留下的，可能只是当初彼此说过的那句炽热的"我爱你"！

叶芝曾经这样强烈地渴求过：旋转，旋转，旋转，旋转，我的鞋子；给我，给我，给我，给我，我的爱情。

恨不相逢未嫁时

君知妾有夫，赠妾双明珠。

感君缠绵意，系在红罗襦。

妾家高楼连苑起，良人执戟明光里。

知君用心如日月，事夫誓拟同生死。

还君明珠双泪垂，恨不相逢未嫁时。

——张籍《节妇吟》

让我们先来了解一下张籍。张籍，字文昌，行第十八。约生于公元767 年，卒于公元830 年，是中晚唐著名诗人。张籍擅写乐府诗，有《张文昌文集》流传于世。

《节妇吟》，乐府诗题的一种，但却是张籍原创的诗题，由此可见张籍对于乐府诗的擅长和精熟。他和另外一位擅长乐府的诗人王建，被后人并称为"张王"。

这首诗，一直被人称诵。刘克庄这样说过："张籍《还珠吟》（即此首《节妇吟》——编者注）为世所称，然古乐府有《羽林郎》一篇，后汉辛延年所作……，籍诗本此，然青于蓝。"然而，这首诗原本并不是一首爱

情诗，就像黄周星说的那样："……此诗为文昌却聘之作，乃人心假托节妇言之。徒令千载之下，增才人无限悲感。"

一些专家老是喜欢追求诗的本事，虽然诗的本事对于我们了解诗人的人生经历很有帮助，但也常让人大失所望。知道本事后，再读一些诗词，我们总会觉得有些失望。就像《诗经》中的那句"执子之手，与子偕老"，原以为是多么美好的爱情句子，可是，一些专家却说这是战场上士兵们用来发誓同生共死的句子，让我心里多少有些失望和遗憾。

我们姑且就把这首诗当成爱情诗来读吧，如果是美丽的误会，我们又何尝不能让它继续误会下去呢？只要我们愿意！

"君知妾有夫，赠妾双明珠。感君缠绵意，系在红罗襦"，这四句，是写初见时的一些情景。

从"君知妾有夫"这句来看，当是一个男子爱上了一个已经结了婚的女子。这个男子明知道她名花有主，但还是情不自禁地爱上了她，并向她表达了自己的爱意。

"赠妾双明珠"，其实是向她表明心意。"双明珠"，是成双成对的意象，就像"鸳鸯"这个词一样。"明珠"，明亮的珍珠。古人有给自己心爱的人送礼物的习俗，所送的礼物，不是珍珠，就是香囊、玉佩之类的东西。

刘向的《列仙传》一书中记载了这样一个故事，有一个叫作郑交甫的书生，曾游汉江，有一天偶然遇到两个美丽的女子，身上穿的衣裳很是华丽，佩戴着两颗明珠，大如鸡子。书生很喜欢这两个美丽的女子，但却不知道她们是仙女。两个仙女见郑交甫这个书生长得清秀俊朗，于是就把身上所带之珠解下来送给了他。

"感君缠绵意，系在红罗襦"，这两句，写的是女子的情态。"罗襦"，丝绸缝制而成的短衣或短袄。襦有单、复，单者类似衫，复者类似袄。唐朝的女子以穿罗襦为时尚。

从这两句我们可以看出，这个女子虽然已经有了丈夫，但对于这个男子，她的心也是动了的，所以，这个"系"字用得相当精妙。

如果她没有动心，在这个男子"赠妾双明珠"的时候，她完全可以婉拒，但她还是决定收下它们。不仅收下了，她还系在了自己的罗襦上，这个系的动作，足以证明她的有心，是对他的深情的一种回应。这个"系"字，可以说写活了女子那种内中微澜泛起的情态。

"妾家高楼连苑起，良人执戟明光里。知君用心如日月，事夫誓拟同生死。还君明珠双泪垂，恨不相逢未嫁时"，这段，写她自己的实际情况，以及她决定迷途知返的情态。

"妾家高楼连苑起"，写的是这个女子的身份。"苑"，指的是皇家花园。这句的意思是我家住在皇城附近。一入侯门深似海啊！这句猛一看似是表明了女子的身份，其实写的是一种无法亲近的距离。

"良人"，指的是女子的丈夫。《圣经》中有一段话是这样写的："我的良人在男子中，如同苹果树在树林中。我欢欢喜喜坐在他的荫下，尝他果子的滋味，觉得甘甜。他带我入筵宴所，以爱为旗在我以上。求你们给我葡萄干增补我力，给我苹果畅快我心，因我思爱成病。他的左手在我头下，他的右手将我抱住。耶路撒冷的众女子啊，我指着羚羊或田野的母鹿嘱咐你们，不要惊动，不要叫醒我所亲爱的，等他自己情愿。"

这里把"良人"一词的意义完美地诠释了出来。虽然它在《圣经》里指的是耶稣，但丝毫不妨碍我们喜欢这个词。它是人世间的美好，是花开的馨香，更是内心最温暖的颤动。

"执戟"，当是指侍卫君王的郎中。想当年，清朝那个被众人喜爱的"饮水词人"纳兰容若，就干过这差事。康熙十六年，也就是公元 1677 年的秋天，待业在家将近两年的纳兰终于得到分配，他的工作就是在皇宫里站岗，职务是三等侍卫。每天看着康熙御笔亲题的楹联："克宽克仁，皇建其有极；惟精惟一，道积于阙躬"，实在让他很无聊。

纳兰也很难过。因为，他的表妹就住在皇宫里，近在咫尺，却无法相见。于是，就有了那首《减字木兰花》："相逢不语，一朵芙蓉著秋雨。小晕红潮，斜溜鬟心只凤翘。 待将低唤，直为凝情恐人见。欲诉幽怀，转过回阑叩玉钗。"

"明光"，有专家解释为汉代宫殿名，即明光宫。汉武帝太初四年建，在长乐宫后，南与长乐宫相连。这几句，有专家认为是女子诉说自己丈夫的富贵，但我不这样看，我认为这里写的是他们之间聚少离多。就像古乐府诗中有一首写的那样："昔为倡家女，今为荡子妇。荡子行不归，空床难独守。"

我们每一个人都是害怕孤独和寂寞的吧，这个女子也是。她之所以在前面收了男子的双明珠，恐怕也是因为内心太过寂寞和孤独了吧。

"知君用心如日月，事夫誓拟同生死"，这两句写的是拒绝他的原因。我知道你对我的情意深厚而真诚，就如同日月之光，但我发过誓，要和我的丈夫同生共死的。

"还君明珠双泪垂，恨不相逢未嫁时"，这两句写的是拒绝他时，她的内心之憾之悲。这句"还君明珠双泪垂"写得相当有想象力，让人由"双珠"联想到"双泪"。

坐在时光里，天涯海角已经成了背景，隔断了今生相合的线，而爱情之花那么轻盈地落着，无边无际的哀愁，让人沉湎于回忆。往事如飞翔的羽毛，掉落在地。此生无法找到，通向你的道路。

李商隐曾经写过："若是晓珠明又定，一生长对水精盘。"可是，如今她却"还君明珠双泪垂，恨不相逢未嫁时"。就算在未嫁时遇上，就能执子之手，与子偕老吗？

鸳鸯背飞水分流

合欢叶堕梧桐秋，鸳鸯背飞水分流。

少年使我忽相弃，雌号雄鸣夜悠悠。

夜长月没虫切切，冷风入房灯焰灭。

若知中路各西东，彼此不忘同心结。

收取头边蛟龙枕，留著箱中双雉裳。

我今焚却旧房物，免使他人登尔床。

——王建《赠离曲》

王建，字仲初，生卒年不详，大致生活于唐代宗大历年间至唐文宗太和年间。擅长乐府诗，和张籍齐名。《沧浪诗话》中这样说："大历后，刘梦得之绝句，张籍、王建之乐府，我所深取耳。"由此可见，《沧浪诗话》的作者对王建乐府诗的喜爱。

这首诗是一首闺怨诗，作者以一个被弃女子的口吻写下她的情感。过去的女子，由于没有什么地位，只要嫁到了婆家，纵然被虐待也不能离婚，除非丈夫主动写下一纸休书，才能和婆家脱离关系。

这首诗中的女主人公，即是一个离婚的女子，但她并没有因为被弃而心生绝望，去寻死觅活、哭哭啼啼、死缠烂打、藕断丝连，而是以一种快刀斩乱麻的方式，主动了结了这段婚姻。

人世间，对于陷在爱中的人来说，爱情有的时候就是对我们人生最大的磨炼。而其最难抉择的地方就在于，它始终处于变幻之中，让人无从把握。

爱情，最大的悲哀莫过于让两个不可能相亲相爱的人抵死相恋，耗尽心血，之后却形同陌路。所以，当走上了背离的道路之时，一定会有舍不得，会有纠缠，会有让步。

有很多人，在被对方抛弃之后仍然死死缠着对方不放，其实，这种做法非常不值得，甚至是愚蠢，他都不爱你了，为什么还要苦苦纠缠？

对于爱情，有的时候就要潇洒一些，就像张爱玲爱胡兰成一样，她自然是一个清高孤傲的女子，却在胡兰成面前低下高贵的头颅，但当她用尽了自己的心意想去成全自己的爱情，最后发现却无法实现，于是，她果断地离开了胡兰成。

她在给胡兰成的一封信中这样写道："我已经不喜欢你了。你是早已不喜欢我了的。这次的决心，我是经过一年半的时间考虑的。彼时惟以'小吉'故，不欲增加你的困难。你不要来找我，即或写信来，我亦是不看的了。"

是啊，你都不爱我了，为什么我还要爱你？这话，能敲醒多少还在执迷不悟的人？你都不爱我了，我为什么还要纠缠下去？不如放手，不如恩断义绝，老死不相往来。也许这才是最为清醒的处理方式。

"合欢叶堕梧桐秋，鸳鸯背飞水分流。少年使我忽相弃，雌号雄鸣夜悠悠"，这四句，是借景写情。在这里，一切的景语都是为了衬托内心的

分离之悲。

就像王国维在《人间词话》中说的："有造境，有写境，此理想与写实二派之所由分。然二者颇难分别。因大诗人所造之境必合乎自然，所写之境亦必邻于理想故也。"这两者当真是很难分辨。写境其实重在写实，而造境重想象，心借助于外境，然后情随心生。

"合欢叶堕"，这里的"合欢"，就是合欢花。合欢花，又叫苦情树、绒花树、夜合花。相传，古时候合欢花叫苦情花，不开花。曾经有位秀才寒窗苦读了很多年，进京去赶考，临走之前，妻子指着窗前的苦情花说道："夫君此去，定能考中。但京城繁华，你切莫忘了我！"

秀才信誓旦旦地表示一定记得，然后就去考试了，结果，他考中了，却再也没有回家。妻子在家里左盼右盼都没有音信，渐渐病了，于是，就来到那株苦情树下发下重誓："若老天有眼的话，如果我夫君变了心，从今以后，让这株苦情树开花，夫为叶，我为花，花不老，叶不落，一生同心，世世恩爱！"说完，女子就气绝而死。

第二年，山坡上的苦情树都开了花，昼开夜合，让人喜爱。这里的"合欢叶堕"，写的就是两人分离。"夫为叶"，所以"叶堕"，就是写丈夫主动选择弃她而去。

"梧桐秋"，秋天的梧桐，一直是唐诗宋词中一个悲伤而又凄凉的符号。这里的"梧桐秋"，不能不让我想起贺铸的《半死桐》。这首词是悼念他逝去的妻子的。这首诗中的女主人公被丈夫弃绝，其实，就像一棵半死的梧桐，正如一个诗人所说：你离开我时，你的背影告诉我，我体内有什么断裂了。

"鸳鸯背飞水分流"，写两个人即将背离的生命和情感状态。"鸳鸯"，鸟名，这种鸟雌雄成对生活在一起，形影不离。后来，被用来形容相爱之

人。鸳鸯能双死，但如今只剩下她一个人忍受着时光的掠夺。

这句，亦可以用晏几道的一首词中的句子来诠释："今感旧，欲沾衣。可怜人似水东西。回头满眼凄凉事……"晏小山的这首词，同样也充满了被弃的滋味。

如今，想想过去，情不自禁地泪湿襟袖，最让人感到疼痛的是，我们像东西流水一样，只能背离着向前流淌，再也不能聚合。回头望时，这一切只留下凄凉无法言说。曾经风流歌舞场，如今空无留荒凉。这首诗中女子的境况，又何尝不是如此？

鸳鸯背飞水分流。爱情怎能永驻？别以为爱情能够存留多久，那些不过是影视片中才有的美好。说到底，红尘情爱，得以留驻永远，不过是一个童话。我们可以梦想，可以期待，但不可以当真。

"少年使我忽相弃，雌号雄鸣夜悠悠"，这里明显是抱怨。"少年"，指的是女主人公的丈夫。从这个词可以看出，这个被弃的女子尚很年轻。

"雌号雄鸣夜悠悠"，写她被弃之后的一些情态。她被抛弃之后，由于悲伤，觉得这一个个夜晚变得漫长。其实，时光没变，改变的是她的心。只是由于她心灵上过于痛苦，才觉得时间仿佛凝滞不动了。

"夜长月没虫切切，冷风入房灯焰灭。若知中路各西东，彼此不忘同心结"，这段，写的是夜晚的凄冷和她深深的悔恨。

"夜长"，形容内心寂寞孤独之情态。夜太漫长，鸳鸯瓦上霜，仔细数点，已经不是旧时模样。一切已经变了，变得那么快，快得让人一时都不敢相信。

"夜长月没虫切切"这句，猛看上去像王国维说的"无我之境"，其实是"有我之境"。"月没"，月亮隐去。"切切"，象声词，形容声音极细微

116

极琐碎。这里的"虫",我认为是蟋蟀。这种虫子在古时候,是悲痛、孤独、寂寞和思念的隐喻。

古今同一月,分照南北人。月亮还是那么明亮地照着,而如今,只剩下她一个人独自沉吟于寂寞和孤独之间,游走在伤痛之上。蟋蟀一声声叫着,似乎在说,天地之间没有爱,就是一堆冰冷的遗物。

"冷风入房灯焰灭"这句,乍一看写的是景物,其实,是情态的描写。这两句中一直有一个失眠者的形象。冷风从外面挤入房间,室内的灯已经残灭,这个人正在承受着寂寞和孤独的侵袭。

有一扇窗户开着,有一些月亮的光辉照了进去,有一个人的脸上,含着眼泪。那泪光闪闪的脸,多么哀痛!

"中路",半路的意思。这句"若知中路各西东",其实是质问,是控诉,是不满,是抱怨。早知道执子之手却不能走到终点,那还不如从前没有爱过!

"同心结",用锦带制成的菱形连环回文结,男女以之互赠,表达自己对对方的爱。苏小小说,何处结同心,西陵松柏下。只是如今,不见合欢花,空结同心草,到了后来,只是一个人的寂寞而已,过去不管怎么深爱,都无力回天。因为,那个人变了心!

"收取头边蛟龙枕,留著箱中双雉裳。我今焚却旧房物,免使他人登尔床",这段写的是她烧掉自己的东西,准备离开。

从这段来看,她仍然住在这个男人家里,还没有离开,正在为离开做准备。"蛟龙枕",绣有蛟龙花纹的枕头。"雉裳",我个人觉得是绣有野鸡图案的衣服。"著",助词,表示动作和状态的持续性。

这个夜晚是漫长的,但漫长归漫长,天还是要亮的。人生如梦,不论梦境多么美好，总会有清醒的一天。清晨，她起来后，把蛟龙枕收起来，把自己的衣服整理好放在箱里，准备离开。

"我今焚却旧房物，免使他人登尔床"，是写她烧掉自己带不走的东西。这一句虽然表面上看似一种主动的决断，但却是一种无奈的选择。

由来只见新人笑，此时哪闻旧人哭？所以，她决定烧掉房子里自己带不走的东西，免得让后来的人用。看来，她决定与他一刀两断，不再纠缠。

好吧，你抛弃了我，我纵然舍不得，但我还是要主动地选择忘记。当我转身的那一刻，曾经的缠绵悱恻，只能是我一个人的海枯石烂。

人面不知何处去

去年今日此门中，人面桃花相映红。

人面不知何处去，桃花依旧笑春风。

——崔护《题都城南庄》

这首诗，讲述了一个美丽的爱情故事。崔护是唐德宗年间的一位书生，出身于书香世家，天资聪颖，才华横溢，性情清高寡淡，极少和人来往，只是一味埋头于窗前苦读诗书。

有一年的清明节，是一个很好的天气，屋外的柳树生机勃勃，百花盛开，清风送香，春意醉人。崔护看到这样的美景，放下了自己手中的书，决定出门走走，好好欣赏一下春景。于是，他独自出城向郊外而去。

一路上柳絮纷飞，花香四溢，浓浓的春意让他沉醉。他一个人慢慢地走着，边走边欣赏这来自上天的恩赐，还时不时地吟几句诗。不知不觉，他越走越远，渐渐地累了、渴了。

崔护想找户人家要点水喝，他东瞧西望，看到桃花掩映中有一户人家，于是，快步朝这户人家走去。

走到大门前，他举手叩门，半天，门才吱呀一声开了。他本来想的是，来开门的会是一个老人，而出现在他眼前的，却是一张少女的脸，犹如灼灼桃花，在他的眼前不停地晃动着。他好一阵子才定神说自己走远了路，求点水喝。少女见他是一个书生，没有恶意，就领他进了自己的家，拿水给他喝。

两个年轻人，因为四目相对，彼此都怦然心动。两个人你一句我一句地聊了起来，时间对于两个人来说，过得非常之快，到了崔护不得不离开的时候了，他只能起身告别，走的时候，他对这个姑娘说：明年清明时节我一定还会来看你。

姑娘把他送到门外，他回过头来，看到的是一双满溢秋水的眼睛，当中充满了渴望和企盼。

分别后，思念开始在他们彼此的心里生长起来。崔护回去之后，虽然也有一段时间想她，但他把注意力放在读书上，所以慢慢地也就淡忘了。而这个姑娘的思念却疯长起来，像一棵树把根扎在她的心里，越来越深。

时光对于已经淡忘了她的崔护来说，是很快的，但对于这个姑娘来说，却是漫长的，每一个夜晚都有汹涌的思念，不停地打马路过她的心。第二年的清明节转眼又来了，这个姑娘一直在等他。可惜，崔护却忘了自己的约定，在看到春景之后，才想起她，想起自己的承诺。

于是，他踏上了去寻找这个姑娘的路。可是，到了她家的门前，却只见大门紧锁，无人在家。崔护很是失望，就在门上提笔写下了上面的这首诗。

"去年今日此门中，人面桃花相映红"，这两句，是回忆。写他记忆里的这个姑娘之美，也是写人生若只如初见的美好。这让我想到了沈从文的一段话："我这一辈子走过许多地方的路，行过许多地方的桥，看过许多次数的云，喝过许多种类的酒，却只爱过一个正当年龄的人。"这个只爱

过的人，应该是"去年今日此门中，人面桃花相映红"的女子吧。

全诗，没有用典，纯粹是描写和抒情。这段，后来被周邦彦化用创作了一首词："章台路，还见褪粉梅梢，试花桃树。愔愔坊陌人家，定巢燕子，归来旧处。 黯凝伫，因念个人痴小，乍窥门户。侵晨浅约宫黄，障风映袖，盈盈笑语。"

周邦彦这首词，和崔护一样，也用了今昔对比的写法，用过去之欢来衬托如今之哀，愈见哀之深痛。

人比桃花胜几分？张潮在《幽梦影》中这样写道："美人之胜于花者，解语也；花之胜于美人者，生香也……"桃花再美也是死物，唯有人才能解语。所以，那个风流倜傥的李隆基，才称杨贵妃为他的"解语花"。

去年今日此门中，你的脸灿若桃花，肆意盛开。春暖花开，简单地在两个年轻人的心里生长着一种深深的情愫。而时光如水之中，她是如花美眷，让这个尘世可感可触。

人面和桃花相映红，似一团无形之火，燃他的心。那妖娆的身姿，多像一朵桃花，等待着他心灵的春风前来确认。就是要自己的心灵不再迷路，然后，站定在一个名字之上，饮下人生的这瓢弱水。于是，越陷越深，无法回头。

身外光华流转，只留下四目相对的瞬间，心心念念。眼前一人，难道是命定的花开，不在乎时间？坐在这上半句中，可以觉得，爱情那么轻逸地盛开着，此去经年的执着，深情端坐在如梦的莲中。

在不期而遇的相逢中，她递过来的美好，他的心灵可以感受得到。那一瞥欲说还休的眼神，虽然有千回百转，但他是可以找到答案的。在爱情面前，只要爱了，身体上的一切细节都是语言，都可以用来倾诉。

"人面不知何处去，桃花依旧笑春风"，这两句写如今之悲。读这两句总是让我想到晏小山的"醉别西楼醒不记"的人去楼空之悲。这两句，亦有周邦彦"断肠院落，一帘风絮"般的悲凉。

但丁在《神曲》里说："痛苦莫过于，回首往日的欢乐，在不幸的时候。"桃花依旧笑在春风中，像初见时你的脸，而我的心却因为没有你而悲痛。此时，你在哪里？

有很多读者读到这里，都觉得这是一个非常凄楚的爱情故事。其实吧，这首诗，确实有点别离的哀伤，但崔护和这个姑娘的爱情却修成了正果。

崔护把这首诗题到姑娘家的门上之后，就失望地走了，过了一阵子，他又来到这个姑娘家的门前，叩开了这扇紧闭的门。

开门的却是一个老者，是这个姑娘的父亲。据说姑娘在崔护来的那天，正好出门去走亲戚了，等回来看到崔护题的这首诗后，她顿时绝望了，一下子瘫在地上，随后就病倒了。后来，她的病情越来越沉重，竟卧床不起。

崔护进屋看到的是一个已经气若游丝的女子，那张脸苍白得让人心疼。于是，他在她耳边呼唤着她的名字，告诉她他来看她了，结果，她真的睁开了眼睛，慢慢地好了起来。后来，两个人结为夫妇，崔护一心读书，最后进士及第，做了官。崔护为官清廉，颇得民众爱戴，家庭也幸福美满。

在这个欲望横流的人世间，就让我们肯定爱情，相信爱情，坚守爱情吧！就算是梦，今生也要做上一回，才算完整。

道是无晴却有晴

杨柳青青江水平，闻郎江上唱歌声。

东边日出西边雨，道是无晴却有晴。

——刘禹锡《竹枝词》

刘禹锡，唐朝诗人，生于 772 年，卒于 842 年。洛阳人，后迁居荥阳。自称是汉中山靖王刘胜之后。从皎然等学诗，贞元九年登进士第，授弘文馆校书郎。官至刺史，死后，封兵部尚书。

《竹枝词》，巴渝一带的民歌，多表达的是男女相悦之情。顾况有诗这样写道："巴人夜唱竹枝后，肠断晓猿声渐稀。"竹枝曲被写入绝句，刘禹锡当是第一人。

刘禹锡还能唱《竹枝曲》，据白居易在《忆梦得》里记载："梦得能唱《竹枝》，听者愁绝。"

从白居易的这段记载中我们知道，《竹枝曲》如果是写离情，那么一定是哀痛欲绝的；若是写相爱，一定是缠绵悱恻的。

胡仔这样说："《竹枝歌》云：'杨柳青青江水平……'，予尝行舟苕溪，夜闻舟人唱吴歌，歌中有此后两句，余皆杂以俚语，岂非梦得之歌自巴渝流传至此乎？"

很可惜，我们如今再也听不到这样的民歌了。

"杨柳青青江水平，闻郎江上唱歌声"，这两句写景，借景衬情。诗词，越是短小，所囊括的东西越多。所以，诗词不同于散文，可以放开手脚去铺陈。

"杨柳青青江水平"，写的是春天之景，之暖，之美。"杨柳青青"，其实是青春的美好，是初见的美好。绿到天地自暖心。这暖，是爱所融化的结果。

猛一看上去，这里只有景物没有人，但我们要知道，读诗词的时候，我们一定不能把自己的想象力给束缚住了，我们要放开它。在这句的背后，其实有一个非常美丽的女子的身影。

我们让心灵和诗意相融，让我们的情感站定。大地仿佛就是一幅图画，冰雪消融，春之手在其上绣了很多美好的东西，年年岁岁，所有的流逝都极尽相同。在似水流年中，遇见如花美眷，该是多么温暖而芬芳的事情。

世上的万物已经换上了盛装，似乎已经准备上演一出浮世之欢。古人说："若无诗酒，则山水为具文；若无佳丽，则花月皆虚设。""没有花月，不愿生此世界。"杨柳都绿了，这个女子也该绽放自己最美丽的容颜了吧。就这样，她和他遇见。

"江水平"，写的是江水之平静。江水平，不是没有波纹，而是起了细微的涟漪。这其实是情感波动的一种隐喻。

读这句，我总是会想到南唐的冯延巳。很喜欢他的词，他的词直接影响了包括后来成为大词家的晏殊和欧阳修。冯延巳在一首词中这样写过："风乍起，吹皱一池春水。"这里的"江水平"，和此意境应相差无几。

"杨柳青青江水平"，这句可以这样意译：我像那些杨柳一样正值青春

年华，我的内心正在为你漾起波澜。

"闻郎江上唱歌声"，这句，是对上句的深入描写。过去的男女，若是对对方有好感，可以对歌。对情歌的活，如今恋爱的男女肯定是干不了了。

这个男子在江上唱什么歌呢？让我们来读《诗经》中的《汉广》一诗："南有乔木，不可休思。汉有游女，不可求思。汉之广矣，不可泳思。江之永矣，不可方思……"这首诗句是什么意思呢？让我们意译一下：南方有棵高大的树木，我没办法到树下歇息。在汉水边有一个出游的女子，可惜我不能前去追她。汉水滔滔多么广阔，可惜我不能游过去……

这首诗是一个砍柴的樵夫在路上遇到一位美丽的女子，心生爱慕。他知道，他们俩隔着无法走近的距离，所以，他便以一首歌唱出自己内心的思念、绝望和悲痛。这里的绝望和悲痛，就是单相思的绝望和悲痛。

这个男子唱的歌会不会是"关关雎鸠，在河之洲。窈窕淑女，君子好逑"呢？我怀疑是的。这歌唱来唱去，无非就是人生若只如初见的美好。

"东边日出西边雨，道是无晴却有晴"，这两句，是女子心里的情态描写。这里的"晴"字，别本有作"情"字的。冯浩说："以'晴'影'情'，极妙。或竟作'情'，大减味。"是的，以晴影情，确实妙不可言。

这两句是比喻。有人说："借影于东日西雨，隐然见唱歌、闻歌，无非情之所流注也。"其实，这是这个女子心动了而已。有人认为这里的"东边日出西边雨"，是现实中真的下起了雨。我很怀疑这样的理解。我常说，诗词一定要允许一定程度的虚构和想象。

"东边"，我觉得可以用宋玉的《登徒子好色赋》中的"东邻"来形容，指的是美丽的女子。有人认为是少女对男子的内心难以捉摸，搞不明白自己的情郎是不是爱她，并为此忐忑不安。不过，我觉得事实也许刚好

相反。

　　我认为，是男子在问女子对他是不是有好感。这句的意思是：我这里还出着太阳，你那边却下起了雨，你问我对你是不是有情？当然有情了！

　　一首情歌婉转深情，让我背转身去，悄悄体会这夜夜深重的思念。如果你是那个在远方等我的人，我马蹄嗒嗒，会为你踏杨花过谢桥。

　　你问我对你是否有情，苍天可以为证！

任他明月下西楼

水纹珍簟思悠悠，千里佳期一夕休。

从此无心爱良夜，任他明月下西楼。

——李益《写情》

李益，生于 748 年，卒于 827 年，陇西人，字君虞，唐朝诗人。大历四年进士，为"大历十才子"之一。李益和霍小玉的爱情，如今已经鲜为人知。李益虽为才子，但却负了霍小玉的一片痴心。

李益出身于名门世族，从小就很有才华，诗文出众，时人以为举世无双。经过一个媒人的介绍，他认识了霍小玉。霍小玉据说是霍王爷的女儿，是一个非常美丽的姑娘，喜欢文学，尤擅诗书音乐，才华出众。

两个人恋爱后，李益科考得中，进入仕途。李益的母亲把他的表妹介绍给他，于是，李益便有意疏远霍小玉。最后，有一个侠士把李益带到霍小玉的面前，霍小玉此时已经身患重病，再次见到李益，霍小玉内心五味杂陈。

席上，霍小玉端起一杯酒浇在地上，悲愤地说："我身为女子，竟然如此命薄，你是男人，竟然如此负心。若我正当大好年华而死，不能奉养父母，痛彻心扉于九泉之下，这都是你一手造成的。李郎啊李郎，从今天起，我们今生就永别了。我死以后，一定会化作厉鬼，让你的妻妾不得安宁。"于是，她抓着李益的胳膊，把酒杯摔在地上，痛哭了几声，就倒在地上气绝而亡。

后来，李益真的不能和女人在一起。他和女人在一起的时候，总是会有疑心病，疑心女人会背叛她，所以，一连几次娶妻都是女人忍受不了他，最后弃他而去。

李益的这首诗，写得当真不错。这首诗，怎么读都像是闺怨诗。当爱一个人的时候，内心的情感，毫无疑问是真切的，不过，这种真切会随着时光的改变而渐渐淡去，最后落得个"自古人意，薄于云水"的下场。

"水纹珍簟思悠悠，千里佳期一夕休"，写的是思念。"水纹"，有的专家解释为波纹，这里我觉得指的是席子上所织的花纹，更隐指席上的凉意。"珍簟"，珍贵华丽的竹席。"佳期"，约定相会的时间。

"水纹珍簟思悠悠"，这句明显有一种幽深的闺怨情怀在里面。读到这句，我总是会想到一些才女。

鱼玄机在被李亿冷落之后，李亿还送了一床席子给她，于是，她写了首名叫《酬李学士寄簟》的诗："珍簟新铺翡翠楼，泓澄玉水记方流。唯应云扇情相似，同向银床恨早秋。"

李益这首诗中虽然没有明白地交代出时令，但我觉得应把这首诗的时节设定在秋天，和鱼玄机诗里所表达的情感很是类似。

"水纹珍簟思悠悠"这句，分明是一个失眠者的形象。可以这样意译：我睡在凉席上，一波一波的凉意涌上我的心头，而我这个时候的心，却在想你。这句，写得相当深情，让人感叹。

"千里佳期一夕休"这句，写的是无法相见之怨之恨。人隔千里，佳

期遥远。就像秦观的名句:"柔情似水,佳期如梦,忍顾鹊桥归路?"欢爱亦如春花秋月,转眼成空,无痕逝去。在这里,主人公失眠的原因,是她在做人生最重要的选择和决定。

"千里",说的不仅仅是身体的距离,更是心灵的距离。在这里,女主人公是迷茫的,因为,她无法知道他对她的心意。

人隔千里,能够再见到你的希望,亦如泡沫一样,突然幻灭。所以,我还是下定了决心,以后不再见你!

"从此无心爱良夜,任他明月下西楼",这两句,其实是彻悟。是告诉他,下定了决心之后,我会毅然决然地将你遗忘。

"良夜",美好的夜晚。"从此无心爱良夜"这句,是她下定了决心。这句颇有汤显祖《牡丹亭》中"良辰美景奈何天,赏心乐事谁家院"的悲凉。

为什么会从此不爱良夜呢?因为,他不在了,他不爱她了,还要良夜干什么?有爱,所有的夜晚都很美好。光阴的指缝中,如今,她是他已经漏掉的美好,他也不会再拾起来。所有的一切,已经到了山穷水尽的地步。

曾经莫失莫忘的誓言,不过只换来了如今的无心爱良夜。想一想,活在这个世界,谁又是谁的唯一呢?相爱时,太容易轻许下一生一世、天荒地老、不离不弃的誓言,到后来才发现,这一切只能如风。

此时这个女子心里不停在问的是,永远到底有多远?如今,皎皎一天月,分照南北人。若是可以懂得,就可以满怀慈悲。因为,都活着,已值得欣喜。怀着祝福的心,慢慢地背朝着他,越走越远。

"任他明月下西楼",这句,是醒悟。读这句,怎么都让我想到南唐后主李煜。他被俘往北方之后,所写的词真的是血泪无尽。他在《浪淘沙》

中有一句："一任珠帘闲不卷，终日谁来？"李益这句"任他明月下西楼"和李煜的"一任珠帘闲不卷"同样都有一种绝望之悲。

为什么会"任他明月下西楼"呢？也许正如李煜所说的"终日谁来"吧？

"明月"在唐诗宋词中一直都是团圆和相聚的意象。而"西楼"这个词，在宋词当中却充满了悲痛、泪水和离别。"西楼"，一直是歌舞酒宴的处所，见证着悲欢离合。

晏小山在《蝶恋花》一词中写道："醉别西楼醒不记，春梦秋云，聚散真容易。"人生聚散，就如春梦秋云般短暂，这是事实，任谁都无法回避。

"任他明月下西楼"一句，其实也是自我宽慰。既然不能在一起了，她告诉自己，可以忽略他，以及和他有关的一切。任月亮阴晴圆缺，都不再悲春伤秋、为他难过了！

是啊，他都不爱你了，你为什么还要爱他呢？

多情却似总无情

（一）

娉娉袅袅十三余，豆蔻梢头二月初。

春风十里扬州路，卷上珠帘总不如。

（二）

多情却似总无情，唯觉樽前笑不成。

蜡烛有心还惜别，替人垂泪到天明。

——杜牧《赠别》

让我们先来认识一下杜牧吧。杜牧，字牧之，生于公元 803 年，卒于 852 年，今陕西西安人。为人刚直耿介，不屑于逢迎权贵，一生很不得意，进士及第后，一直在诸使府为幕僚。杜牧著述甚多，但以诗歌的成就最高，有《樊川诗集》等。

杜牧曾在著名的风花雪月之地——扬州生活过很长一段时间。古人这样记载："牛奇章帅维扬，牧之在幕中，多微服逸游。公闻之，以街子数辈潜随牧之，以防不虞。后牧之以拾遗召，临别，公以纵逸为戒。牧之始犹讳之，公命取一箧，皆是街子辈报贴，云杜书记平善。乃大感服。"而

《杜牧别传》也载："牧在扬州，每夕为狭斜游，所至成欢，无不会意，如是者数年。"

杜牧在扬州过的是什么生活？估计，跟韦庄当年一样，是"骑马过斜桥，满楼红袖招"的生活。杜牧在他的《遣怀》一诗中明确无误地向我们传达了这样的信息："落魄江湖载酒行，楚腰纤细掌中轻。十年一觉扬州梦，赢得青楼薄幸名。"他把在扬州的那段生活看成是一场美梦。

从诗的标题我们可以看出，这两首诗，当是在他离开扬州的时候，写给一个心爱的歌女的。第一首是写歌女之美，第二首写别离之疼痛。两首诗都写得情真意切，相当感人。

我们先来看第一首。"娉娉袅袅十三余，豆蔻梢头二月初"，这两句写这个女子的年龄和她的美丽。"娉娉袅袅"四字，是形容这个歌女身姿极其轻盈，容颜又极其美好的样子。"十三余"，指的是年龄。"豆蔻"，多年生常绿草本植物，外形像芭蕉，叶大，披针形，花淡黄色，秋季结实，果实扁球形，可入药，有香味。这里形容女子正是青春年少时。

杜牧没有走一些诗人的老路子，先把这个女子的容颜描写得很详细，杜牧在这里，甚至没有直接从她的面容写起，而只是给我们一个大概的轮廓，让读者自己去自由联想。诗词，有的时候，就是要留给读者自己联想的空间。

这两句，应该是写初见时的美好，也可能是写初见时的一见钟情。就像王菲在歌中唱的那样：只是在人群中多看了你一眼，再也没能忘掉你容颜。从此，这个人的容颜就像是一个固执而永不锈蚀的钉子一样，深深而用力地钉在了杜牧的脑海里，抹不去，也擦不掉。

诗歌不像散文可以铺展开来去写。如果照散文的那种写法，这两句可

以这样写：我第一次看到你的时候，你才十三岁左右，是那么美丽，就像二月初时豆蔻在枝头，灼灼其华。

"娉娉袅袅"，是描写其纤细之身影。就像曹植在《洛神赋》中写洛神之美一样："其形也，翩若惊鸿，婉若游龙。荣曜秋菊，华茂春松。仿佛兮若轻云之蔽月，飘飘兮若流风之回雪。远而望之，皎若太阳升朝霞；迫而察之，灼若芙蕖出渌波。"

"豆蔻梢头二月初"句，被秦观这样化用："豆蔻梢头旧恨，十年梦、屈指堪惊。凭阑久，疏烟淡日，寂寞下芜城。"和秦观亦师亦友的苏轼也化用过："豆蔻花梢二月初。年少即须臾。"姜白石也用过这个词："纵豆蔻词工，青楼梦好，难赋深情。二十四桥仍在，波心荡、冷月无声。念桥边红药，年年知为谁生？"从这里可以看出，"豆蔻"一词到了后来，就是形容一个女子年轻美丽，也可以用来形容爱情之花。

诗的第一、二句，写的不过是一见钟情的情绪。如今这个世间，可能没有人会相信什么一见钟情的事情了，但不管大家信不信，反正我个人是信的。就像著名诗人叶芝在23岁那年第一次看到茅德·冈一样，他这样写道："她驾车来到贝德福德公园街我家的房前，带着约翰·奥迪里写给我父亲的信件。我从来没有想过会在一个活生生的女人身上看到这样超凡的美——这样的美，我一直以为只是属于名画，属于诗歌，属于古代的传说。苹果花一般的肤色，脸庞和身体正是布莱克所谓的最高贵的轮廓之美，因之从青春至暮年绝少改变，那分明是不属于人间的美丽。"

一见钟情时，一切都是模糊的，眼里只有她。叶芝写道："一切都已经变得非常模糊，只有那一刻除外：她穿一身白衣，飘鸿一样走过我的窗前，去修整花瓶里的花枝。"可见，叶芝对她确实是一见钟情了，可是，茅德·冈对他却不来电，直至叶芝逝世，都没有接受他的爱，甚至在叶芝死后，她都拒绝参加他的葬礼。纵到无情也动人啊！

从这些文字，我们可以看到一双痴迷而忧伤的眼睛，一双深情无限的眼睛，一双注定要被泪水洇透的眼睛。

"春风十里扬州路，卷上珠帘总不如"，这两句从字面上看，是描绘一个范围很大的春光图，但其实仍然是在写这个女子的美。

"春风十里"到底是什么意思呢？古人认为，人眼只能看到十里之内的东西，再远就看不到了。这个春天，春风吹开了千万朵美丽的花，而十里扬州，卷上珠帘不如人。那是因为，人比花解语。

显然，杜牧没有从明处写这个女子到底有多美，这正是诗人用笔的妙处所在，诗太过直白了也就没有什么咀嚼的滋味了。

接下来说第二首诗。我个人更喜欢第二首。第二首，是写离别之悲。两个人相爱，是何其难啊！就像古人说过："故有终身不得，而反得之一语；历年不得，而反得之邂逅。厮守追欢浑闲事，而一朝隔别，万里系心。千般爱护，万种执勤，了不动念，而一番怨恨，相思千古。或苦恋不得，无心得之；或现前不得，死后得之。故曰：九死易，寸心难。"

想得到一个人的心，是何等的难啊！但得到之后，是否就能走到一起，并最终"执子之手，与子偕老"呢？我看也未必。其实，世上最美的是邂逅，而惆怅人间的却是擦肩而过。这两句话的意义在于，永远都会有和我们擦肩而过的人，留在我们的记忆深处，成为一个人的孤独纪念，成为一个人的天荒地老。

"多情却似总无情，唯觉樽前笑不成"这两句，写离别时的一些情景。对于两个相爱的人来说，别离就站在他们的眼前，不移不动，渐渐沉重。相爱的时光总是短暂的，而别后的时光却显得那么长，那么久，让人无法

忍受。这都源于心理上的时间。

当我们快乐的时候，我们会觉得时光极速地从我们指尖流过，而当我们陷入悲伤的时候，那时光仿佛就停滞不前，或一动未动一般，其实那不过是我们要忍受它的一种反应。

帕斯说："在这个世上，爱情几乎是一种无法达到的体验。……这些并非横亘于爱情与我们之间唯一的障碍。爱情是选择，或许是对我们命运的自由选择，是对我们人类最为隐秘和命中注定的秘密的突然发现。但是爱情的自由选择在我们的社会却无法实现。"

可是，当我们选择爱情，也就是选择了寂寞。就像聂鲁达写的那样："我是绝望的人，是没有回声的话，他失去了一切，也拥有过一切。这里是你不在的孤独。"

当杜牧要离开的时候，是不是也有聂鲁达这样的感受："有关你的回忆从我周围的夜里浮现。河流把它持续的悲叹传给大海。像黎明的码头那样被抛弃。这是离去的时刻，被抛弃的人啊！……啊，比一切都遥远。啊，比一切都遥远。这是离去的时刻。被抛弃的人啊！"

"多情却似总无情，唯觉樽前笑不成"这两句，可以这样意译：如今，我虽然是那么爱你，但却总显得那么无情，这个时候，就算坐在筵席之上，我也笑不起来。因为，我没法让自己开心。

明明有情，而且还是一往情深，但这个时候，偏偏只能无情，你说这是不是够折磨人？明明爱她，但这个时候，就算用诗歌也无法完全而清晰地表达对她的爱情。

"樽"，酒杯的意思。这句"唯觉樽前笑不成"，我觉得，肯定不是很多人在一起的筵席，而是只有他们两个人时，他们在屋子里喝的离别酒。"笑不成"三字，写的其实是内心的悲戚。明天一大早，他就要动身离开

了，面对着自己所爱的人渐渐远去，可能终身都无法再次见到了，怎么能笑得出来呢？

吴从先说：买笑易，买心难。这个时候，你就算在这个女子面前摆上再多的金钱，她也是无法笑出来的。因为，她的心早已飞走了。在这个时候，这个女子是多么想笑啊，因为，就要分开了，她多想给他自己最美的一面，可是，内心的悲痛不住地涌来，犹如翻江倒海，让她怎么能笑得出来？

"蜡烛有心还惜别，替人垂泪到天明"，这是名扬千古之句。跟李商隐的"春蚕到死丝方尽，蜡炬成灰泪始干"一样，都是深情的话语，让我情不自禁地被打动。这都用的是"蜡烛"的拟人化，注入了诗人自己满腔的深情。

蜡烛多像为我们即将的离别而悲痛，它会替我们哭到天明。在我看来，垂泪到天明的并不是蜡烛，而是人。就像聂鲁达说的："我最亲爱的人啊，你和我一起踏过你的梦，那里除了阴影什么也没有，告诉我光什么时候重返。"光，到底什么时候可以重返？她一定不知道这个答案。

这句"蜡烛有心还惜别"和李商隐的"蜡炬成灰泪始干"，都是一种姿态，一种不走不移的姿态；都是一种即使成灰，也要去爱的执着和情深一往。

如果蜡烛知道我们明早将分开，它一定会替我们哭到天明的。这里用无情之物，写有情甚至是深情的情态，更加让人感动。这是人间离别之泪，犹如一滴滴雨水，正在窗外，正在这个大地之上，不停地下着，下着。

海子说：雨是悲欢离合，雨是一生过错。这句"替人垂泪到天明"，在温庭筠那里是这样写的："玉炉香，红蜡泪，偏照画堂秋思。眉翠薄，鬓云残，夜长衾枕寒。　梧桐树，三更雨，不道离情正苦。一叶叶，一声声，空阶滴到明。"《赌棋山庄词话》一书的作者这样评价后面一段："语弥淡，情弥苦，非奇丽为佳矣。"

到了后来，我记得一个女子这样写道："枕边泪共窗前雨，隔个窗儿滴到明。"写来写去，都是写内心的悲苦疼痛，无法消除，无法抹去。

泪水，是一条可以返回的道路，在那里，可以再次见到你。如果可以，你乘着我的一滴泪水，重新返回我的心中吧，你也要像一滴泪水那样温热。

此情可待成追忆

锦瑟无端五十弦，一弦一柱思华年。

庄生晓梦迷蝴蝶，望帝春心托杜鹃。

沧海月明珠有泪，蓝田日暖玉生烟。

此情可待成追忆，只是当时已惘然。

——李商隐《锦瑟》

李商隐，约生于公元 813 年，卒于约公元 858 年。字义山，号玉溪生。晚唐著名诗人，与杜牧并称"小李杜"。诗风秾丽，尤其是爱情诗，缠绵悱恻，凄离动人。李商隐早年在玉阳山学道。玉阳山位于东都洛阳以北过黄河的济源境内。从济源城向西大约三十里便进入玉阳山区。一条晶莹清澈的小溪从山里蜿蜒而来，溪水在阳光的照耀下波光粼粼，仿佛一条玉带缠绕在山间，人们都叫它"玉溪"。李商隐在《奠相国令狐公文》中这样写过："故山巍巍，玉溪在中。送公而归，一世蒿蓬。呜呼哀哉！"

网上有一首诗这样写李商隐："明朝骑马出城外，送我学仙玉阳东。"这两句诗，读来是豪迈而潇洒的，但李商隐这段学仙的经历，却成了他刻骨铭心的疼。

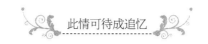

李商隐号玉溪生,我想应该有两个意思:一是玉溪旁边的书生,二是他在玉溪旁获得了重生。不知道他什么时候开始用"玉溪生"这个号的,如果是在遇到宋华阳之后,那么,我估计就跟宋华阳有关。如果是这样,他只是纪念自己在玉阳山上和宋华阳相恋过。

花事阑珊处,青春如落叶。此时,他已经误了那段爱情,错过了那段时光。不管如何,他仍然记得,在玉溪旁,在某个时间,在他的眼里,刚好出现了一个美丽的姑娘。

李商隐的一生,其实就是诗歌的一生,悲剧的一生。他和那个"且恁偎红倚翠,风流事、平生畅。青春都一饷。忍把浮名,换了浅斟低唱"的柳永,以及那个"梦入江南烟水路,行尽江南,不与离人遇"的晏几道一样,都只做了芝麻大的小官,一生在仕途之上奔波不定,枉存一腔为国为民的激情,最后自己黯淡、凄凉而不甘地死去。

李商隐幼年丧父,随其叔学习。两次应考失败后,崔戎聘用了他,然后送他去玉阳山修道。学仙玉阳东,路入琼瑶宫。一入,终生再也没能出来。

这首诗到底是什么诗呢?历来争论不休。有悼亡说、自伤说、青衣说、音乐说,等等。所以,元好问才说:"望帝春心托杜鹃,佳人锦瑟怨华年。诗家总爱西昆好,独恨无人作郑笺。"甚至清代诗论家王士禛还发出了"一篇锦瑟解人难"这样深沉的叹息。是啊,这篇《锦瑟》确实难倒了一代又一代的专家学者。

钟来茵教授在他的《李商隐爱情诗解》一书中认为,这首诗是李商隐诗集的序言,我本人也倾向于这种说法。这首诗在我看来就是李商隐编定诗集后对自己的一生做的一场回顾和总结。

"锦瑟"，一种乐器。《周礼乐器图》这样解释："雅瑟二十三弦，颂瑟二十五弦。饰以宝玉者曰宝瑟，绘文如锦者曰锦瑟。"《史记·封禅书》上说："太帝使素女鼓五十弦瑟，悲，帝禁不止，故破瑟为二十五弦。"

"无端"，惊叹词，钟来茵教授认为是"无缘无故""为什么""没来由地"意思。"华年"，年轻或盛年的意思。

"锦瑟无端五十弦，一弦一柱思华年"，应该是李商隐的感叹。钟来茵教授这样说："五十弦瑟，素女所弹之凄清悲怨之瑟。诗人编定三卷集子后，发现自己的诗太感伤了。每一首诗几乎都有一些难言的伤心事，这种华年之思，令诗人悲伤不已。"钟来茵教授乃研究李商隐的名家，说得有理有据，让人信服。

我认为这两句可以这样意译：编定这本诗集时，我才发现自己的诗，像素女所弹之瑟无比悲凄，每首甚至是每一行诗，都是怀念和悲叹。我认为，这里的"思"，不是思念的意思，而是怀念的意思。此时的李商隐应该是一个怀旧主义者，读到自己所写的诗歌，情不自禁地想到宋华阳，想到过去的种种美好。我想，现代诗人柏桦可能是懂得李商隐的这种情感的，他说：唯有旧日子才能给我们幸福。

是啊，现实不能让我们在一起，不能让我们执子之手，与子偕老，现实让我们必须放开自己热爱的手。现实太过残酷，唯有那些旧时光才能让我的内心触到一点微微的幸福。这是多么无奈的事情！

过去的，已经过去，再怎么伤心，再怎么努力，甚至再怎么挽留，也是回不来的。所以，只能用怀念做一次短暂的停留。他行走于自己的内心，一点一点捡拾往事中的碎片，在自己的脑海中拼凑出人生最美的风景。相对于我们这短暂的一生，我们人生最美的风景是什么呢？恐怕还是我们在那段最美的年华里遇到的初恋吧。

所以，李商隐接着写道：庄生晓梦迷蝴蝶，望帝春心托杜鹃。

"庄生晓梦迷蝴蝶，望帝春心托杜鹃"，这两句明显是李商隐对自己年轻时的初恋做的交代。这句更有李煜的"世事漫随流水，算来一梦浮生"的悲叹。这里的"庄生"和"望帝"不过是诗人的自喻罢了。

"庄生"，即庄周。《庄子·齐物论》中这样记载："昔者庄周梦为胡蝶，栩栩然胡蝶也，自喻适志与！不知周也。俄然觉，则蘧蘧然周也。不知周之梦为胡蝶与，胡蝶之梦庄周与？周与胡蝶，则必有分矣。此之谓物化。"庄周可谓是一个会做梦的人。我记得，宁萱女士说过，一个会做梦的人，才会爱。对于一个想做梦或喜做梦的人来说，可能只是想利用梦境与相爱之人做一次亲近，或想把破碎的爱情还原。只是，这是一种徒劳的努力。

而李商隐一直在做什么梦呢？我想，诗人佩索阿也许可以给我们答案。佩索阿是出了名的喜欢做梦，他说："也许，我凭借做梦创造了你，另一种现实里的真实的你；也许，就是在那种现实里，在另一个纯洁的不同世界里，你是属于我的，我们相爱而不牵涉有形的身体，有另一种拥抱，另一种理想的占有方式……"

"望帝"，指的是杜宇，一个人的名字。《蜀记》中这样记载："昔有人姓杜名宇，王蜀，号曰望帝。宇死，俗说云宇化为子规。子规，鸟名也。蜀人闻子规鸣，皆曰望帝也。"子规是什么鸟呢？就是杜鹃。

这句"庄生晓梦迷蝴蝶"，写他和宋华阳曾经是多么用力地深爱着。被喻为"欧美文学之母"的萨福这样写道："好似山风，摇撼一棵树，爱情，摇撼了我的心。"她接着又写道："你燃烧了我。"曾经，李商隐遇到了宋华阳，便深深地被她的美好所吸引，然后情不自禁地沉了下去，越沉越深。

这里的"蝴蝶"，在我看来，不过就是宋华阳的一种影像。用"蝴蝶"来形容宋华阳，很是贴切，并无过头之嫌。因为她能歌善舞，美丽无比。我在网上看到一本李商隐的传记，作者写宋华阳和李商隐的相遇，是四目相对看了很久都没有离开。我想，他可能是在强调他们一见钟情了。

这句写的更是李商隐自己的沉迷和陶醉。从这一句，我们可以知道当年李商隐是多么深爱宋华阳。因为不深爱一个人，怎么可能会为她着迷，并且痴迷不悔呢？其实，这种着迷之后，伤的一定是自己，碎的也一定是那颗付出了所有的真心。这样的深情，有一种飞蛾扑火般的勇敢。

对于这种迷恋，我是深有体会的。我曾经迷恋一个女子走路那种晃晃的姿势和她那自信而灿烂的笑容。就算到了我老去，我都会清晰记得。这种迷恋，是一种沉溺，而且一沉到底，找不到自己的存在。李商隐在爱宋华阳的时候，一定也跟我一样一沉到底，甚至找不到自己的存在。

"望帝春心托杜鹃"，这句写的是和宋华阳分开之后，李商隐夜夜思念的痛苦。李商隐失去宋华阳之后，异常悲痛，像一只子规鸟一样哀啼不止。这里的"春心"已经不是初见时的怦然心动，更不是热恋中两人四目相对的温暖，而是一种无可奈何的放手，更是一种不舍放开的疼，就像那句"春心莫共花争发，一寸相思一寸灰"中的"春心"一样，都是无法阻止的逝去和心字成灰的无力和无奈。

当我们深爱一个人的时候，和这个人彻底断了关系，再也听不到她的声音，再也看不到她的笑容，内心的疼痛是用多少文字都无法描述和写清楚的。正如那首《我可以抱你吗》中唱的那样："外面下着雨，犹如我心血在滴。爱你那么久，其实算算不容易。就要分东西，明天不再有关系……我可以抱你吗，爱人，让我在你肩膀哭泣，如果今天我们就要

分离，让我痛快地哭出声音……"

　　李商隐失去宋华阳之后，就像一只鸟，在一个又一个暗夜里为她哀号，一遍又一遍地在内心呼唤着她的名字，毫不厌倦，也不厌烦。因为爱她。所以，他为宋华阳写下了一首又一首的情诗，用以怀念并亲近她。雪小禅这样写道："爱情是一种本事，我不知道在你心里有着什么位置。然而为了你我却做了太多的傻事，第一件事就是为你写诗。"是啊，就像我现在所写的每一个字一样，不过都是对一个人的思念。因为，我曾经对一个人说过：从此以后，每一本书都是送给你的礼物。宋华阳走后，李商隐也用这种方法来纪念她，不过他用的是诗。

　　暗夜里，那一颗疼痛的心，可能只有通过文字才能倾诉、才能表达吧。其实，李商隐内心再疼，也都无法改变现实，所以，他只能面对并接受自己内心所牵所系之人远离的现实。说到底，这个世上有几个能和自己内心甚至是灵魂相恋相依的人？宋华阳身上恐怕有让李商隐迷恋的地方吧。因为爱情，从来都不可能没有动机。如今，不想从所爱之人身上得到任何什么东西，而愿意站在远处默默地关注和关心着所爱之人的人实在少得可怜。我曾经并现在也一直想这样做。

　　萨福这样写道："痛苦，穿透我，一滴又一滴。""你忘了我——从此，我便深深地湮没无闻。"写得多么悲痛和绝望，就像一点又一点灰烬，触手冰凉。席慕蓉也这样写过："今生将不再见你，只为再见的已不是你。心中的你已永远不再现，再现的只是些沧桑的岁月和流年。"没有经历过的人，怎么可能会明白失去一个人到底是怎样的疼痛！

　　不能和宋华阳时时刻刻相守在一起，痛苦，真的是一滴一滴穿透了他的心。是的，这种痛苦，在时光的长河里，至今仍然发出轻微的声响，只有用心才能听见。

"沧海月明珠有泪，蓝田日暖玉生烟"这两句，还是跟宋华阳有关。文学讲究传承。"沧海月明"这个意象，我们倒是可以用另外一首唐诗来加以诠释。张九龄在《望月怀远》中这样写道："海上生明月，天涯共此时。情人怨遥夜，竟夕起相思。灭烛怜光满，披衣觉露滋。不堪盈手赠，还寝梦佳期。"这里面写的相思是多么动人啊！

这里的"沧海月明"，我很怀疑就是化用了张九龄这首诗的诗意，以此来描写他对宋华阳那无法熄灭的相思。钟来茵教授认为，义山早期诗中之女冠宋真人，诗人喜欢形容她为月宫飘下的仙子，所以，这里的"月明"，可能也有"月宫"的意象。

"珠有泪"，到底写的是谁的悲伤呢？我怀疑这里的"珠"指的是宋华阳。如果这里的"珠"指的是宋华阳，那么，李商隐在向我们表达什么呢？难道李商隐是想告诉我们，宋华阳是真的爱他，和他分开之后，宋华阳也非常悲痛？我认为是的。李商隐认为，他们俩都深爱过彼此。那枚叫作爱情的珠子，在很多有情男女的心里，其实都是被一种撕裂过后的泪水洗亮的。

罗曼·罗兰说过："每个人心底都有一座埋葬爱人的坟墓。他们在其中成年累月地睡着，什么也不来惊醒他们。又早晚有一天——我们知道的——墓穴会重新打开。死者会从坟墓里出来，用她褪色的嘴唇向爱人微笑；她们原来潜伏在爱人胸中，像儿童睡在母腹里一样。"是啊，就像网上流传的一句话：一个人，一座城，一生心疼。

"蓝田日暖玉生烟"句，钟来茵教授这样理解："……义山集中，她的形象确实犹如'蓝田日暖玉生烟'，可望而不可即。"玉在中国是圣洁而有灵气的东西，尤其在古代，男女定情的时候，总是喜欢送它。但同时玉也是离别时的赠物，见证着情人那斑斑的泪痕和那不能言说的悲痛。

这句"蓝田日暖玉生烟",把爱情的美好,分开的绝望、悲痛和疼都写到了极致。很多人都认为玉是暖性之物,其实并不是这样。我觉得玉是冷的,因为纯净的缘故。雪小禅和我的感觉相同。她认为,玉有一种不食人间烟火的薄凉。那些如玉一样的女子,大抵都有玉一样薄凉的命运吧。

爱到深处,虽然已很用力,但似乎仍然觉得不够。这种感觉只有那些曾经深爱过的人才能明白。爱到深处是一种怎样的感觉呢?用一句白话,应该就是满脑子都是她(他)。就像一首歌唱的那样:"想念是会呼吸的痛,它活在我身上所有角落……"

内心因为太过用力去爱一个人,早晚会像纳兰容若在《梦江南》中写的那样:心字已成灰。因为太过用力去爱一个人的时候,我们的心就是一张被拉满的弓,它本身有自己承受的能力,如果太过用力,迟早会断。折断之后,怕是一种中了化骨绵掌般的疼痛和伤吧。我想,此时的李商隐对于宋华阳的爱情,恐怕就是《诗经》中那棵"灼灼其华"的桃花吧,用力地盛开自己,怒放自己,到最后,熄灭了,很冷,冷得让我都感同身受,潸然落泪。

真爱一个人,真的有那么容易遗忘?也许很多人说,此时,李商隐已经完全地失去了宋华阳,为什么不选择彻底遗忘呢?可以负责任地说,能轻易地把一个人从我们的脑海里清除掉,那只能证明我们没能完全投入而付出全心去爱。在这个玫瑰泛滥的时代,爱情之花虽然遍地开放,看似美丽,其实是一种荒凉。

诗人孙文波这样写道:"……我坐在窗前,实际上就像石碾。我希望你能在云端坐着。直到月亮从院中椿树梢升起,我看见你就是月亮。直到我能够确定,你就挂在我的体内。"他紧接着却写:"……以至于我只能将她,看作时间中的女妖精。她的魔法,太大了。我想过清除,却没能清除。

而如果我承认这就是爱情，我的确不愿意。我更愿意看见一个人逐渐老去。"

孙文波这句"我想过清除，却没能清除"，写的不仅是他一个人的无奈，而是很多有情人的无奈。而他"我更愿意看见一个人逐渐老去"这句，在我看来，是想跟某个女子"执子之手，与子偕老"的愿望。我想李商隐也愿意，站在远方看着一个人渐渐老去。而我自己也愿意。

"此情可待成追忆，只是当时已惘然"，这两句，是追忆后的概叹。我读到这两句时，心里止不住地疼。这两句如果意译出来就是：面对那些写给宋华阳的情诗，仿佛昨天的爱情还在，但是现在触手冰冷，却只能追忆了。回首往事，仿佛一切都还存留于他的心里，但只能徒增内心的怅惘和疼痛而已。

相去日已远，衣带日以缓。思君令人老，岁月忽已晚。已经晚了，已经晚了。世界的思念，我会为你饮尽，世上的一切孤独和寂寞，我都会为你背负，但思念你的心，早已面目全非，让人不忍卒读，所以，如何能不让一颗心瞬间老去？望着你，用怀念，用晶莹而抒情的泪水。

当爱已成往事，唯旧情难忘。那些让人心疼的细节，只是无边无际的寂寞和灰烬，它们正莲步姗姗地走在李商隐的心上。

爱中的忧伤有谁能懂呢？就像一个诗人写的那样："我曾否轻轻地告诉你，你纷杂的尘世的影像，只因你的面容变得清澈，却不过是你，绝世凄美的背影。"到了最后，李商隐能做的，只有漫无边际地追忆，或者是"以爱的名义，我乞求你永远幸福快乐，为此，我时刻挂牵"。为此，也许还要倾尽我们一生的祝福和怀念吧。就像我用钢笔悲伤地写下一行字："请你记得，你的一滴泪，比我一生幸福的大海还要沉重。"

　　被爱情枯萎的色彩层层包围，此时，诗人那忧伤的灵魂，虽然已经疲惫不堪，但仍然在苦苦坚持。就像叶芝写的那样："面对着永恒，我们的灵魂是爱，是一场缠绵不尽的离别。"有很多时候，虽然不论时光如何流逝，但那个人的容颜仍然清晰地刻于我们的脑海，那些她说过的话和笑声，仍然清晰地记得。只是如今涌上心头的，却是难言的酸涩。在历经悲欢之后，你仍然铭记于心，我仍然是我，站在你之外。

　　几米说：默默离开你的人，其实是最舍不得你的人。是啊，李商隐默默地离开宋华阳，心中的悲痛和不舍清晰可见，就像一盏暗夜里的灯，微弱而固执地闪烁着。如今相思着一个人的相思，缠绵着一个人的缠绵，流着自己的泪水，疼着自己的心。李商隐只能如此。雪小禅这样说："没有技巧地爱一个人，其实是最大的技巧。因为把过多无用的东西删除，只剩下这简单的几根瘦骨，支撑起最饱满的精神世界，足矣了。"李商隐是出了名的瘦，为情而瘦。

　　有一个人写道：我们的一生，其实是以缺憾为主轴，在时光中延展开来，常常牵连在一起，形成一团乱麻。常常，我们越是渴慕、企盼的人事，越是失去。于是，有很多人的爱情，无法于今生得到成全。

　　时间远去了，爱却留了下来。雪小禅替李商隐说出了他的情感："我还留恋着，还舍不得。——人生多么稀薄，那些过去曾经如此丰厚，让人多么恋恋不舍……但一切终将过去，一切终会过去……那个人不会有，你必须独自承担这一切。"

　　他必须独自一个人面对漫漫长夜，那怀念和思念一点一点地楔入。他只能和宋华阳同心而离居，忧伤以终老。

心有灵犀一点通

昨夜星辰昨夜风，画楼西畔桂堂东。

身无彩凤双飞翼，心有灵犀一点通。

隔座送钩春酒暖，分曹射覆蜡灯红。

嗟余听鼓应官去，走马兰台类转蓬。

——李商隐《无题》

这是一首爱情诗，但诗中的女主人公是谁呢？众说纷纭。其实诗到底是写给谁的，对于今天的我们来说已经不太重要。在我看来，这首诗是回忆录。回忆昨夜发生的一些情景：那个美丽的女子，一双暗送秋波的眼睛，漾动着脉脉深情。

"昨夜星辰昨夜风，画楼西畔桂堂东"，起句起得十分美妙。郑在瀛教授这样解释这两句："首联谓回忆起昨夜赴宴，风儿轻柔，星光灿烂；宴会大厅就在画楼之西那座桂堂的东头。"

"昨夜星辰昨夜风"，点明了时间。很多专家都把这里的"昨夜"，坐实为昨天的夜里。其实，我觉得这首诗带着回忆的色彩。读到这句"昨夜星辰昨夜风"，总是让我想到黄景仁。黄景仁失去了他的表妹之后，为他

表妹写了很多情诗，其中一首《绮怀》是这样写的："似此星辰非昨夜，为谁风露立中宵。"

李商隐在这个时候，和黄景仁一样，也是一个失去了所爱之人的男子。李商隐这里的"昨夜星辰"，不一定就是昨夜的星辰，也许是从前的夜里的星辰，就像黄景仁这里的"似此星辰非昨夜"。星辰虽然是如此美丽，但似此星辰已经不再是昨夜的了，站在风露之中，苦苦地思念着那个人，她是不是会知道？这样的执着和思念，她是不是可以知晓并了解？

最远的距离，就是想着一个人的时候，她不在自己的身边，甚至，她连我们的心都无法明了。这是一种暗暗滋生却又如此强烈的疼痛。

爱一个人的感觉是什么呢？除了你，任何人都无法打开我的心窗；除了你，任何的容颜都无法让我心灵的花灿烂地怒放；除了你，任何的美好都无法让我的情感荡漾。除了爱你，我别无选择。爱你，是我今生的宿命，今生的决绝，今生的花开。独自的凋败，是我一个人的孤独忍受，也是我一个人的天荒地老、海枯石烂。

除了爱你，任何一种方式，都无法让我感觉到自己在这个世界上存在着。

李商隐一次又一次在自己的脑海中，想象着宋华阳的一举一动。我想知道当她在午夜梦醒的时候，是不是也跟我一样，一遍又一遍地问自己的内心：你是不是真的就彻底忘记了那个人？自己这个时候，到底是谁？有没有觉得自己的内心，丢失了一些很重要的东西？

这是一种自己和自己的对话，无关岁月，无关山河，是一个人内心微疼的波澜，摇曳不定。

这个时候，宋华阳已经成了李商隐心头的刺青，虽然不再那么鲜艳，但刻在心里，无法忘记。她已经成了他内心的标本，这是最美的刹那，在一瞬间成就的烟花效应，然后定格在一个瞬间，凝固成一滴滴清泪，无法言语。此时，所有的感觉，都近乎千疮百孔。这是一种怎么都无法表达的完整的破碎。

这句"昨夜星辰昨夜风"，是很凝练的写法，因为诗歌不像散文，可以铺展开来慢慢叙述。如果把这句当作散文诗来意译的话，我想应该是这样的：从前的夜晚，明月千里流泻，而风也无比轻柔，站在明月之下的你，是如此的美丽，正在朝我温柔地笑。那一刻，我觉得自己是天底下最幸福的男人。

能够看到所爱之人站在远方朝你温柔地笑，这是件多么温暖的事情啊！这样的温暖，辛弃疾是懂得的，所以他这样写道："众里寻他千百度，蓦然回首，那人却在、灯火阑珊处。"我在解读这句的时候，这样写过："众里寻他千百度"，这句的意思是，茫茫人海中，我一直在找寻你，找了很多遍。人生，幸福的不是找寻，而是在找寻之后，猛然发现那个人就在身边，就像一个人写的那样：原来你也在这里。其实，如果有人在背后和我一起受苦，并在心里爱着我，在背后默默地唤我的名字，那一刻，该是多么幸福！

"画楼西畔桂堂东"句，总是让我想到李煜。南唐后主李煜的皇后大周后病了，大周后的妹子小周后进宫探望她。小周后和李煜眉来眼去，两人背着大周后开始了偷情。于是李煜用一首词记下了这个偷情的瞬间以及小周后的心理状态："花明月暗笼轻雾，今宵好向郎边去。划袜步香阶，手提金缕鞋。 画堂南畔见，一向偎人颤。奴为出来难，教君恣意怜。"

一个是在画楼西畔，一个是在画堂南畔，写来写去，不过都是遇见了自己的爱情。"画楼"，装饰华美的楼房，这里也是一种身份的隐指。一般的穷苦人家，哪里能住得上这样装饰华美的楼房呢？

"桂堂"，按字面上理解，是以桂树为梁柱建造的厅堂，这里是对厅堂的美称。这里的"桂堂"，当真像郑在瀛教授认为的是"一位达官显宦"之家吗？也有这种可能。

"身无彩凤双飞翼，心有灵犀一点通"这两句，写的是两个人见面后的一些心理情态。两个人在月下，在画楼西畔桂堂东面，见到了。而且，是一见钟情了。那是一种怎样的感觉呢？就像一个人写的那样："原来你也在这里。"我一直苦苦寻找，希望可以得到自己心灵确认的你，也在这里。见到了你，我的心动了一下，又动了一下，然后疯狂地燃烧了起来。

写到这里的时候，我不知道怎么回事，想到了李白的那两句诗："相看两不厌，只有敬亭山。"这个时候，李商隐和她难道不是相看两不厌吗？这里的"身无彩凤双飞翼，心有灵犀一点通"，怎么都让我想到苏小小的那两句"何处结同心，西陵松柏下"。李商隐这里，难道就没有这种倾心相授吗？

辛波丝卡有一首诗这样写道："有一种爱叫作一见钟情，突如其来，清醒而笃定；别有一种迟缓的爱，或许更美：暗暗的渴慕，淡淡的纠葛，若即若离，朦胧不明。"这个时候，对于李商隐和宋华阳而言，有一种芬芳的吸引，让他们不由自主，越陷越深。

在灯下，在月下，这个女子在干些什么呢？这个女子又该有多美呢？我们倒是可以在另外一个痴心男子的一首词中找到些许的痕迹。晏几道在《鹧鸪天》中这样写道："彩袖殷勤捧玉钟，当年拚却醉颜红。舞低杨柳楼心月，歌尽桃花扇底风。　从别后，忆相逢，几回魂梦与君同。今宵剩把银釭照，犹恐相逢是梦中。"

他醉了，但不是因为酒，而是因为这个姑娘的美丽，以及她的歌舞的美妙。我想，李商隐这里的女子，当然也有这样的能力和魅力。这个姑娘肯定也和小山词中的姑娘一样，是那么美丽，那么深情，拥有可以制造气氛或浪漫的才艺。

"彩凤"，就是凤凰。书上说凤凰的羽毛是五彩的，所以，称它为彩凤。"灵犀"，古人认为的一种神兽。犀角中央有一条白纹如线，通两端，感觉相当敏锐。

"心有灵犀一点通"是什么意思呢？写的不过就是两个人一见倾心，眉来眼去相互传情。我想，这样的人生初见，将存记于每个人的心头，永远都无法抹去。这种印痕，让李商隐疼了很久。我个人觉得，这样的疼一直会持久到诗人停止呼吸的那一刻。人生若只如初见，何事秋风悲画扇？这样的相见，会带来什么呢？

这个时候，我的耳畔响起了王菲的歌声："只是因为在人群中多看了你一眼，再也没能忘掉你容颜。梦想着偶然能有一天再相见，从此我开始孤单思念。想你时你在天边，想你时你在眼前，想你时你在脑海，想你时你在心田。宁愿相信我们前世有约，今生的爱情故事不会再改变；宁愿用这一生等你发现，我一直在你身边，从未走远。"

一切的一切，都从在人群中多看了你一眼开始，而这种开始，有的时候，又何尝不是一种结束？因为，我在人群中多看了你一眼，我用尽了所有的办法，都未能忘情于你。只因为我在人群中多看了你一眼，我这一生可能都要远远地在疼痛中为你祝福。只因多看了你一眼，从此，我便开始了漫长而孤独的寻找。

"隔座送钩春酒暖，分曹射覆蜡灯红"这两句，写的是两人之间的一些情感交流。郑在瀛教授这样评论："颈联谓宴席上猜拳测谜，酒暖灯红，

交流情感，十分开心。"

"送钩"，又叫"藏钩"，是把一种特制的精巧玉钩或者别的东西，隐藏在一组人手中，叫另一组人来猜的游戏。这个游戏，我们小的时候经常玩，不过不是在酒桌上。"分曹"，分对，犹两两。《楚辞·招魂》："分曹并进，遒相迫些。"王逸注曰："曹，偶。言分曹列偶，并进技巧。"

崔乐泉在《忘忧清乐》中这样说："唐代藏钩游戏常在酒宴中进行，开射覆酒令之先河。李白《宫中行乐词》八首第六首云：'更怜花月夜，宫女笑藏钩'……说明这种活动一般是在席宴中不可缺少的游艺形式。"

"射覆"，仍然是酒令的一种，应该是那种猜出隐藏之物的游戏。这个游戏是从"藏钩"发展而来的。据崔乐泉考证，最早源于班固《汉书》的《东方朔传》。崔乐泉这样说："一次，汉武帝将一只守宫用盂盖起来，让善于占卜的数家来猜。结果，他们都猜不中。东方朔说：'我对《易经》有些研究，请让我猜。'后来被他猜中了。"对于射覆，《汉书》注是这样解释的："于覆器之下而置诸物，令暗射之，故云射覆。"

曹雪芹在《红楼梦》第六十二回曾描写了大观园的姐妹们以射覆令侑酒的情景，极为热闹。那一次由探春为"令官"，按照惯例她先饮了"令官酒"，开始行使令官的职责。游戏开始时，她指令从宝琴开始掷骰子，点数相同的两个人作为一副对子。宝琴先掷了个三点儿，于是宝琴和香菱射覆，探春吩咐：宝琴覆，香菱射。

她们玩的射覆很典型，也很复杂，要求用一句诗或一个典故、一句成语，将所覆的事物隐藏其中，作为酒面儿，亦即覆；对方则以另外一些隐有该事物的诗句、典故、成语去射。射误或覆者误会射者本意，皆为负，由令官主罚饮酒。

在"隔座送钩春酒暖"这里，我想，暖的恐怕不是春酒，而是那个女子的手，或那个女子的笑容吧。是啊，我也这样记得有一个女子的笑容，在我的心里暖暖的，成为怀念和祝福。

"分曹射覆蜡灯红"这句，是写在灯下他们俩玩着这个游戏，很是高兴。这个时候，两个人，两颗心，在昏暗的烛火之下，已经悄然融合为一缕情思。在灯下，红的恐怕不只是蜡烛吧，还有女子那张姣好、羞涩而略有醉意的脸。

蜡烛有心还惜别，为谁流泪到天明？为我，为你，为所有的人吧。这恐怕是最后的结局了吧。

在网上看到一个网名叫作人比黄花的朋友这样理解这首诗，觉得很好，所以就摘录了下来："我冒昧地揣想：在一千多年前的一个夜晚，有星辰好风，灯红酒暖。钩在暗中热烈地传递，猜不中的罚酒，猜中的持钩者罚酒。她已经不胜酒力，而钩却再一次传递到她手中，她紧张忧虑的表情被人一眼看穿。他悄悄地隔着座位拉一拉她的衣袖，她立刻会意，将钩送去。当那个带着七分醉意的酒客怀着十分的把握醺醺地指向她时，钩却神奇地出现在他的手中。众人哄笑着劝酒，酒客诧异而郁闷地又喝了一杯。她在一片喧哗的缝隙中向他投以感激的致意，他目不斜视，却将酒杯微举一仰而尽后又继续游戏。他们是相知已久还是萍水相逢并不重要，重要的是那一夜蒸腾的酒席，让两个人找到了相通的灵犀……"

是的，这个女子是谁已然不重要，她在李商隐的诗里留下了美丽的影子。这个女子是幸运的，因为，她没想到，因为李商隐的文字，她活到了如今，且将永远活下去。

当我读到这段文字的时候，泪水情不自禁地从脸颊上流了下来。心痛不已。我其实一直奢望的不多，我奢望的只是明白或懂得，其他的，在我看来，都不重要。

"嗟余听鼓应官去，走马兰台类转蓬"这两句，写的是早晨报晓的钟声，打破了诗人的欢宴，他又要去"上班"了。

"嗟"，是叹息。"听鼓"，据《新唐书·百官志》："日暮，鼓八百声而门闭……五更二点，鼓自内发，诸街鼓承振，坊市门皆启，鼓三千挝，辨色而止。""应官"，应付官事。"兰台"，指的是秘书省。

这两句，郑在瀛教授这样评述："尾联可惜晨鼓已经敲响，马上要去应付官事，到兰台上班校对文字，不得不匆匆离开酒会和初识的丽人。"

是啊，不管他多爱这个女子，不管他怎么用心用力，命运都不掌握在他自己的手里，他不过是一时浮萍，漂泊无定，无法停下来。

支离破碎的心，往往会在时光中被慢慢地找回。但逝去的时光，因为回忆，再次让这颗心微微地疼。所有的梦都已经破碎，所有的温情都已冷却，所有的凝望都已被泪水湿透，只剩下一颗疼痛的心，孤独地抽搐。

爱情，从来都是千变万化的，在这千变万化中，如何在其上开出自己的花朵，成为自己人生最美的风景才最重要，余下的，都是空虚。

等待一个人是一种什么样的感觉呢？我可以告诉你。就像我想对一个人这样说：就算所有的时光都离开了，就算所有的人都离开了，可是，我还站在你的背后，在微暗的月光之下，在春天的阑珊之处，用心祝你幸福。说出这些，那泪水在月光之下，像一颗颗星辰一样，无比闪亮。

所有的青春渐渐离开了，色彩也跟着褪掉了。千帆过尽的怅惘，微疼在自己的心里。独自站在人生的岸边，安静地想着一个人的花开，是自己的凋败。站在爱情的窗外，遥遥远望，想着窗内的你，应该是比我过得幸福，然后，悄悄告诉自己：你，我用心深爱的你，隔山隔水的你，是我一生的印记。

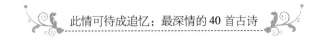

剪不断，理还乱的，仍然是过去。

谁知相思老，玄鬓白发生。

每一个诗人，都是在自言自语，或自欺欺人。

我想李商隐想的是，只要自己在爱情的舞台上，努力而用心地去演自己的角色，深情而认真地去唱自己对她的情歌，观众多少，掌声多少，其实都无所谓。

这个女子，从此就进入了李商隐的心里，李商隐的诗里。就像一个女孩子唱的那样："没有一点点防备，也没有一丝顾虑，你就这样出现在我的世界里，带给我惊喜，情不自已。可是你偏又这样，在我不知不觉中，悄悄消失，从我的世界里，没有音讯，剩下的只是回忆。你存在，我深深的脑海里，我的梦里，我的心里，我的歌声里。你存在，我深深的脑海里，我的梦里，我的心里。还记得我们曾经，肩并肩一起走过，那段繁华巷口，尽管你我是陌生人，是过路人，但彼此还是感觉到了对方的，一个眼神，一个心跳，一种意想不到的快乐，好像是，一场梦境，命中注定，世界之大为何我们相遇，难道是缘分，难道是天意?"

写到这里，我在这个冬夜黯然落泪。这首歌，确实让我想起了一个人，想到肝肠寸断，又心生欢喜。这首歌是她喜欢的吧？所以，每次听到这首歌，我的心都止不住地疼。此时，我和诗人一样，所有的白天，已经悄然死去；所有的黑夜，因你欣欣向荣。

是的，我的文字，因你欣欣向荣。

一寸相思一寸灰

飒飒东风细雨来，芙蓉塘外有轻雷。

金蟾啮锁烧香入，玉虎牵丝汲井回。

贾氏窥帘韩掾少，宓妃留枕魏王才。

春心莫共花争发，一寸相思一寸灰。

——李商隐《无题》

这首诗，似乎是李商隐初恋的终结。就像一团曾经肆意燃烧的火，悄然熄灭了下来，剩下的只有寂寞和冰冷。读这首诗时，我的心也已经凉透了。

爱情走到终点的时候，有一些情缘瞬间就断裂了，人世间，我想，没有比深深热爱过，最后却不得不分开，又重新回到孤独的原点最让人悲痛的事情了。有一句话说得好：有些相见，不如不见。

这首诗到底是怎样的诗，学界争论不休。近代大部分学者都认为是爱情诗，如钱锺书先生就这样认为，但也有少数人认为这是首政治诗，和令狐绹有关，以周振甫等人为代表。

我个人比较喜欢钱锺书对这首诗的理解，他说："'金蟾'句当于义山

《和友人戏赠》第一首：'殷勤莫使清香透，牢合金鱼锁桂丛'……盖谓防闲虽严，而消息终通，愿欲或遂，无须忧蟾之锁门或炉，畏虎之镇井也。赵令畤《乌夜啼》：'重门不锁相思梦，随意绕天涯'，冯梦龙《山歌》卷二《有心》：'郎有心，姐有心……人多那有千只眼，屋多那有万重门！'足相映发。古希腊诗人有句：'诱惑美人，如烟之透窗入户'，《玉照新志》卷一载张生《雨中花慢》：'入户不如飞絮，傍怀争及炉烟！'莎士比亚诗：'美人虽遭禁锢，爱情终能开锁'，莫不包举此七字中矣。"

与之相反，周振甫认为此诗："比喻令狐绹对自己深闭固拒，即使使金蟾啮锁、玉虎镇井，也要用真情来感动他，向他陈情，像烧香入、汲井回那样。"不过我不能接受这样的观点。我个人认为，这首诗就是一首彻彻底底的爱情诗。但李商隐这首诗到底写给谁的，大家都未能说清楚。

从这首诗中的"春心莫共花争发，一寸相思一寸灰"来看，我个人觉得，应该是写于《月夜重寄宋华阳姊妹》之后，即使不是在这首诗之后，也当是李商隐晚年的时候。而这首诗中的女主人公，应该还是宋华阳。这是李商隐为自己年轻时的那段初恋，做了一次短暂的回顾。

从字面上，这首诗可以这样意译：在飒飒的东风中，有细微的雨水洒了下来。美丽的芙蓉塘边，响起了一阵阵的轻雷。蛤蟆形的金锁锁闭重门，但浓烈的香味儿仍然还能进入。玉虎井中清水幽深，用辘轳上的牵丝就能提出水来。贾姑娘帘后偷看了韩寿，因为他年轻英俊。宓妃因为爱才，所以自己荐枕魏陈思王曹植。春天是花朵开放的时节，怀春之心已经不能和春花争着开放。因为，在我的心里，有多少相思，就有多少灰烬。

这首诗，其实是李商隐的回忆。席慕蓉说过："十六岁的花开，只有一次。"我想，这么强烈的爱恋，只有一次吧。纯真的爱恋，一直埋在李

商隐的内心深处，像一枚种子，只要得到阳光雨露的滋润，它便会破土发芽。

有人说：时光是治愈伤痛的良药，时光可以让人忘记。我想，这话说得有点自欺欺人。对于认真的爱恋，永远不可能完全忘记。它已经沉隐在我们内心幽深的地方，我们虽然不容易触碰到它，但不代表它就消失了。只要我们稍一安静，它就会浮现在我们的脑海。

这首诗，写的不过就是和宋华阳曾经的那段幽会偷欢的情景。醒来梦去，一切仿佛还在眼前，已成明日黄花，片片凋零在记忆深处。此时，我想李商隐的心里，一定有一种说不出的萧瑟。所以，印入他笔端的，是这种犹如灰烬的深情，那些曾经燃烧过的、直到现在仍未熄灭的记忆。

李商隐此时，仍然是被动地思念着那个女子。不过，那个女子的一切，早已和他无关。那年，那时，那刻，她在桃花树下，灼灼盛开，拈花一笑，无限温柔地进入他的心里。而如今，那些过去的情缘，犹如清风月华，犹如轻烟春花，逝去无痕。往事已成空，还如一梦中。

多少年，当他在自己的内心站定，当他在自己的灵魂中站定，总有一个人的名字，犹如一根钉子，钉在他的心灵深处。遥望那些青涩的光阴，那一抹初见时的心动，让他遥想了多年，舍不得忘记。他仍然还会想起，那个高山流水之外、那个距离之外的女子。

这一生，可惜已经错过。可惜，已经辜负了那颗热烈而真诚的心。

"飒飒东风细雨来，芙蓉塘外有轻雷。金蟾啮锁烧香入，玉虎牵丝汲井回。"

《唐诗鼓吹评注》这样评价此诗："此言细雨轻雷之候，思其人之所在：烧香入而金蟾齿锁，汲井回而玉虎牵丝，亦甚寂寞矣。然而窥帘留枕，则未尝无意……末则如怨如诉，相思之至，反言之而情愈深矣。"

这段，写的是两个人的约会。"飒飒"，象声词，比喻风的响声。"东风"，就是春风。"芙蓉"，指荷花。荷花又叫芙蕖、水芝、泽芝、菡萏、水芙蓉等。

提到荷花，多半和爱情有关。有的时候，它直接就充当了男女性爱的比喻。古乐府诗中有一首："江南可采莲，莲叶何田田。鱼戏莲叶东，鱼戏莲叶西，鱼戏莲叶南，鱼戏莲叶北。"闻一多指出，在民歌中，"鱼"一直是情侣间的隐语。"钓鱼"是求偶的隐语，"烹鱼""食鱼"是合欢和婚配的隐语。"莲"者，"怜爱"也。

朱淑真有一首《清平乐》是这样写的："恼烟撩露，留我须臾住。携手藕花湖上路，一霎黄梅细雨。　娇痴不怕人猜，和衣睡倒人怀。最是分携时候，归来懒傍妆台。"这首词，是朱淑真和自己心爱的男人，夏日的时候在湖边约会，回到自己家里百无聊赖时写下的感受。

一起携手，走过的旅途都是风景。在他们的心里，这成为至死不灭的记忆。朱淑真分明记得，那天，湖上的风，向他们吹来。风中带有一些荷花和青草的味道，那是一种平淡却持久的芬芳。风很轻，很轻，仿佛他的抚摸。她整个人陶醉在这美好的境界当中，心都溶化了。

四周都是荷花。此时，那个被爱情滋润的少女，应该比这湖里的荷花开得更灿烂、更艳丽、更芬芳吧？在他们相爱的时候，那些湖里的荷花，都用尽全力地盛开，来成全他们相爱的美好。只是，梅雨季节的天气，总是阴晴不定。这样描写的背后，又隐含了什么？霎时间黄梅细雨下了起来，如丝如缕，像那少女心中的情思。

他拉着她到了一个偏僻的地方，躲雨。两个人肉体之间的距离，更加接近了。有人说，朋友之间的距离是一米左右，而情人之间的距离，通常

在 30 厘米或更近。当然，这个数据准确不准确，另当别论，这个数据不过
是在告诉我们恋人之间的距离有多么亲近。此时，她分明听得见他的心跳。

在朱淑真这里，荷花，是她和自己心爱的男子约会定情的见证人。在
朱淑真这首词里，荷花是幽会欢好。而在李商隐这首诗里，荷花，也应是
这个意思。

"细雨"，有可能是实写，但也可能是暗喻。这里的"细雨"，我想可
能是宋玉《高唐赋》中的云雨，指的是男女性爱。我这么解释，估计很可
能会招来一片骂声。其实，诗歌，就是想象力的产物，没有想象力，还谈
什么诗歌创作呢。在读李商隐的时候，我觉得，他是一个非常有想象力
的人。

此诗既然一开始就提到了"芙蓉塘外"，那么，这次他和宋华阳的幽
会，应该就在这附近。而"轻雷"是实写吗？很多专家认为，这里的"芙
蓉塘外有轻雷"，是化用古诗"雷隐隐，感妾心，侧耳倾听非车音"之意，
更是活用了司马相如《长门赋》中的"雷殷殷而响起，声象君之车音"之
意。他们认为，"轻雷"是指车声。如果是这样的话，这"芙蓉塘外有轻
雷"，应该能这样解释：芙蓉塘外，传来了她到来的车声。这样的解释，
也说得通。

"金蟾啮锁烧香入，玉虎牵丝汲井回。"从这两句来看，两个人虽然被
隔于两地，但还是克服了很多困难，终于拥抱在一起，品尝到了爱情的甜
蜜。这两句，可能是描写性爱。钱锺书曾经认为，"吾国旧说，于虹、雷、
岁、月、草、木、金石之类，皆分辨雌雄。"照一些专家说，这首诗中的
"蟾"和"虎"，在道家来说，是指阴性，也就是女性。再参照钱老的说法
来看，这里的"金蟾"、"井水"和"玉虎"是指宋华阳，而"烧香"和
"井绳"则代表了男性。

"金蟾"，门上金蟾形的锁。重门虽锁闭，但香气仍可以渗入。"玉虎"，专家们说指的是井上的辘轳，或是井栏上刻有老虎图案。"牵丝"，是井绳，系在辘轳上，用来提水。这两句，我觉得都暗指两性的交接。

这样的一口井，在纳兰容若的词里也出现过。纳兰容若在《虞美人》中这样写过："绿阴帘外梧桐影，玉虎牵金井。怕听啼鴂出帘迟，挨到年年今日两相思。 凄凉满地红心草，此恨谁知道？待将幽忆寄新词，分付芭蕉风定月斜时。"

很多专家在解释这首词的时候，说法不一，有的说，这是怀念其妻的作品，也有人说这是怀念某意中人的。我个人认为，这首词当是纳兰容若写给他表妹的词。虽然正史上看不到纳兰容若有一个表妹的记载，但我相信，纳兰曾经有一个如花美貌的表妹，可是她被选入了宫中，两个有情人最终难成眷属。

纳兰的这个表妹，在他家里长大，两个人两小无猜，偷吃禁果也算不上什么稀奇之事。纳兰受王彦泓的影响很深，而王彦泓又是学李商隐最成功的，所以李商隐间接地影响到了纳兰。不过，在这首词中，我不敢说"玉虎牵金井"一定是男女幽欢的暗喻，但它也一定离不开爱情。这里的"玉虎"，可能就代指纳兰的表妹，是女性的隐喻。

"贾氏窥帘韩掾少，宓妃留枕魏王才。春心莫共花争发，一寸相思一寸灰。"

"贾氏窥帘韩掾少，宓妃留枕魏王才"，这两句，是写两个人之间的狂热之恋。"贾氏"，指贾充的女儿。"韩掾"，指韩寿。"贾氏窥帘"和"韩寿偷香"是个典故，源出《世说新语》：韩寿美姿容，贾充辟他为掾。一次，贾充的女儿在门帘后偷窥到韩寿，看见他非常帅，于是喜欢上了他，然后就和他私通。贾充女儿把皇帝特赐给贾充的西域异香赠给了韩寿，该香只要有人碰到，历时一个多月香味都不会散去。后来，贾充闻到了香味，于是怀疑自己的女儿和韩寿私通，不得已，最后就把女儿嫁给了韩寿。

"宓妃"，指曹丕之妻甄氏。她是一个很有才情的女子，小的时候很爱读书，常用她兄弟们的笔砚习字。兄弟们看到她读书和习字，就说："汝当习女工。用书好学，当作女博士邪？"她回答道："闻古者贤女，未有不学前世成败，以为己诫。不知书，何由见之？"她本来是袁绍次子袁熙的妻子，后来袁绍为曹操所灭，曹操的儿子曹丕便私纳她为夫人。后来曹丕当了皇帝，有了很多妃子，甄妃失宠，后被郭妃所谮，被曹丕赐死。

据说曹丕的弟弟曹植很爱甄妃。李善《文选注》中说："魏东阿王（曹植），汉末求甄逸女，既不遂，太祖回与五官中郎将（曹丕）。植殊不平，昼思夜想，废寝与食。黄初中入朝，帝示植甄后玉镂金带枕，植见之，不觉泣。时已为郭后谗死。帝意亦寻悟，因令太子留宴饮，仍以枕赉植。植还，度轘辕，少许时，将息洛水上，思甄后，忽见女来，自云：'我本托心君王，其心不遂。此枕是我在家时从嫁，前与五官中郎将，今与君王。遂用荐枕席，欢情交集，岂常辞能具？为郭后以糠塞口，今被发，羞将此形貌重睹君王尔。'言讫，遂不复见。所在遣人献珠于王，王答以玉佩。悲喜不能自胜，遂作《感甄赋》。后明帝见之，改为《洛神赋》。"不过，很多专家认为，李善的这个引文，极不可靠。

而甄氏被赐死之前，还写了一首《塘上行》："蒲生我池中，其叶何离离。傍能行仁义，莫若妾自知。众口烁黄金，使君生别离。念君去我时，独愁常苦悲。想见君颜色，感结伤心脾。念君常苦悲，夜夜不能寐。……"一个充满才情的女子，其内心的悲苦和不舍，在文字当中活灵活现地为我们显现了出来。

"魏王"当然是指有七步成诗之才的曹植。李商隐这首诗中的"贾氏"和"宓妃"，应该指的是宋华阳。李商隐以"韩寿"和"曹植"自喻，可见其在热烈爱情中的得意。

"春心莫共花争发，一寸相思一寸灰"这两句，写的是青春已逝，相思无益之悲。早年读这两句，越读越糊涂。

为什么是"一寸相思"呢？因为，这跟心有关系。相思，肯定由心而生。古人认为，一颗心的大小，在方寸之间。陆机《文赋》："函绵邈于尺素，吐滂沛乎寸心。"《偶题》诗："文章千古事，得失寸心知。"沈复《浮生六记》："当是时，孤灯一盏，举目无亲，两手空拳，寸心欲碎。"欧阳修有一首词这样写道："急景流年都一瞬。往事前欢，未免萦方寸。"柳永也用到这个词："万般方寸，但饮恨，脉脉同谁语？"

为什么会是"春心莫共花争发，一寸相思一寸灰"呢？我想，我们可以从李商隐自己的文字里找到些蛛丝马迹。李商隐在《上河东公启》中这样写道："……至于南国妖姬，丛台妙妓，虽或涉于篇什，实不接于风流。况张懿仙本自无双，曾来独立，既从上将，又托英寮。汲县勒铭，方依崔瑗；汉庭曳履，犹忆郑崇。宁复河里飞星，云间堕月，窥西家之宋玉，恨东舍之王昌。诚出恩私，非所宜称。伏惟克从至愿，赐寝前言，使国人尽保展禽，酒肆不疑阮籍。则恩优之理，何以加焉。"

这封启应该是李商隐的妻子去世之后，他在东川节度使柳中郢幕府中，柳曾给他选了一位绝色佳人张懿仙，想给他填房，他却上书婉言谢绝。这封谢绝信实际上表现的是他对自己早亡的爱妻及苦恋的女道士宋华阳的忠贞不渝之情，充分反映了他"曾经沧海难为水，除却巫山不是云"的心情。所以他才说："某悼伤以来，光阴未几。梧桐半死，方有述哀；灵光独存，且兼多病。眷言息胤，不暇提携。或小于叔夜之男，或幼于伯喈之

女。检庾信荀娘之启，常有酸辛；咏陶潜通子之诗，每嗟漂泊。"

李商隐二十六岁时，在泾原节度使王茂元幕中，王茂元爱其才，于是就把自己的小女儿嫁给他。从李商隐现存不多的关于她的诗中，我们可以知道，王茂元的小女儿容貌出众，应该是一个很漂亮的女子。她身材娇小，善解人意，知书识礼。婚后，对李商隐更是体贴入微。

和王氏成婚，这也为李商隐后来的官场沉浮种下了祸根，导致他官场不顺，辗转于各地，漂泊不定。李商隐三十九岁时，妻子王氏去世，其后他写下了很多悼伤之作，凄婉可怜，让人读了禁不住落泪。可见李商隐极爱其妻。

李商隐是一个很传统的文人，并不是很多人认为的好色之徒，其妻死时他才三十九岁，不要说娶一个妾，就算娶十个妾，也没有人会指责他什么，但他没有。所以才有"至于南国妖姬，丛台妙妓，虽有涉于篇什，实不接于风流"。从这句来看，李商隐虽然在诗中曾涉及歌妓，但从他妻子死后，他就再也没有心情去谈情说爱了。

一个人，难的不是开始有没有人爱，或者多么用力用心去爱，而是后来肯为了自己所爱的人，执守如一的意念和深情，不移不改，无怨无悔。

"一寸相思一寸灰"，应该是心里有多少相思，就有多少灰烬吧。而在李商隐这里，应该是有没有相思，他的心都已成了灰烬。

也许，在心爱之人远远离开之后，泪水是对自己内心唯一的填充。初恋，应该就是一朵必须由泪水浇灌而成长的花朵吧。在泪水中悄然盛开的脸，颇有些许苍凉，烙在李商隐的心上，让他疼痛莫名。

此时，我要替李商隐说："亲爱的姑娘，请你原谅我。我不该，从你的背影中，找到自己破碎的心。"于是，我自己悄然对曾经爱过的姑娘说：把我忘记吧，你若安好，什么时候都是晴天。那是属于你的幸福，和我无关。

就像李商隐在另外一首诗中写的那样：水仙已乘鲤鱼去，一夜芙蓉红泪多。

红泪，指的是一个女子之泪。诗中用了"玉壶红泪"这个典故。典故取自三国时薛灵芸的故事：常山（今河北正定）亭长薛业的女儿薛灵芸，长大成人后容貌绝世，被当地官员选送给魏文帝曹丕。薛灵芸打小就没有出过门，如今与父母一别，基本就再也无法见面。她坐在马车里一路上哭哭啼啼，泪如雨下，护送的人就侍候着用一只玉壶接着泪水，泪入其中，凝结如血。

一个人，独自沉醉在回忆中，无法自拔。此时，时间和距离，已经不再重要。一个人，安静地游走在过去的细节当中，悲痛难忍。这个时候，并不是在浪费时光，只是在寻找自己。有的时候，挥霍自己的时间，是必要的宣泄。

此时的李商隐，已经是"孤人儿受尽了孤单情况。孤衾儿，孤枕儿，独守孤房。孤鸾孤凤孤鸳帐，孤灯对孤影，孤月照孤窗。忽听得天上孤雁孤鸣也，又听得孤寺里孤钟响"。

于是有一首歌在此时悄然响起："有一些话，来不及说了，总有一个人，是心口的朱砂。想起那些话，那些傻，眼泪落下。只留一句，你现在好吗？如果爱忘了，泪不想落下，那些幸福啊，让他替我到达。如果爱懂了，承诺的代价，不能给我的，请完整给他。总想些牵挂，旧得像伤疤，越是不碰它，越隐隐地痛在那。想你的脸颊，你的发，我不害怕，就让时间给我们回答。如果爱忘了，泪不想落下，那些幸福啊，让他替我到达。如果爱懂了，承诺的代价，不能给我的，请完整给他。我说我忘了，不痛了，那是因为太爱太懂了。笑了，原谅了，为你也值得。用你的快乐告诉我，现在放开双手是对的，别管我多舍不得。如果爱忘了，就放他走吧，那些幸福啊，让他替我到达。如果爱懂了，承诺的代价，不能给我的，请完整给他。如果爱忘了，你还记得吗?"

是的，如果爱忘了，你还记得吗?

碧海青天夜夜心

云母屏风烛影深，长河渐落晓星沉。

嫦娥应悔偷灵药，碧海青天夜夜心。

——李商隐《嫦娥》

这首诗到底写的是什么，专家的意见并不一致。

何焯认为是"自比有才调，翻致流落不遇也"。姜炳璋和何焯的看法大体相同："此伤己之不遇也。一二，喻韶光易逝；三四，喻不如无此才调，免费夜夜心耳。"纪昀则认为是悼亡诗。

而我觉得，屈复、黄生和郑在瀛教授等人的说法，就比他们要深入得多。屈复认为"嫦娥指所思之人"。黄生这样评价道："义山诗中多属意妇人……玩次句语景，嫦娥字似暗有所指。此作亦然。朱栏迢遰，烛影屏风，皆所思之地之景耳。"

郑在瀛教授这样说："一二句说，月宫里的嫦娥在屏风后面烛光微弱的深处隐藏，她一直坐到银河隐没，列宿潜光，彻夜无眠。三四句说，她一定懊悔偷吃不死之药而奔上月宫，永远面对这碧海青天夜夜凄凉，相思之情绵绵不尽。本篇为修道女冠而作，同情其处境之孤独与内心的忧伤，含蓄蕴藉之至。"

余恕诚和刘学锴两位教授试图综合以上几种说法，他们认为"自伤、悼亡、咏女冠诸说中，悼亡说最不可通。……而自伤、怀人与咏女冠三说，虽似不相涉，实可相通。"

可是在我看来，这首诗就是写给宋华阳的，因为，在李商隐的全部诗中，写给其妻王氏的诗，根本就没有用到过道家的一些意象，月亮、嫦娥、碧海这些道家的意象，只有在写给宋华阳的诗里才出现过。也可以说，这些意象，根本就是宋华阳的专用词语，也可以说是宋华阳的替身。

在写这首诗时，我觉得，宋华阳应该还没和李商隐轰轰烈烈的恋爱。这首诗，是李商隐试探宋华阳的，用来撩拨她的春心。只要她的春心一动，他便会展开行动。

"云母屏风烛影深，长河渐落晓星沉"，这两句是写她在漫漫长夜，无人相依相偎的孤独。

"云母屏风"，是以美丽的云母石制成的屏风。这不仅写的是装饰，还交代出了她的身份。这种云母石制成的屏风，一般的贫穷人家是用不起的，所以，能用上这些装饰的，多半是富贵人家。

"烛影深"中一个"深"字，写的不过是无边无际的寂寞。就像李清照在一首词里写的"风定落花深"一样，深的不过是寂寞。李煜在一首词里也写过"砌下落梅如雪乱，拂了一身还满"，因为太过寂寞，因为有太深的孤独，一时无法言说。

"长河"，就是银河。李商隐似乎在说宋华阳，像嫦娥一样寂寞，一样清冷地守在月宫一样的道观里，饱受煎熬。

从"云母屏风烛影深，长河渐落晓星沉"这两句来看，是李商隐设身处地地站在宋华阳的立场上来写的，写她虽然住在华丽的居所，但内心却无比的寂寞。前面对于她华丽住处的着力描写和渲染，不过是为了反衬宋华阳内心的寂寞和孤独。

她因为寂寞，一直在失眠，且到了深夜，似乎还没有入梦。一个女子再美，没有怜爱她的人，她此生又有什么意义呢？所以说，女为悦己者容，这话说得相当有见地。女子的美好，不过就是给那个她想要展示的人看的，其他的人，此时，是不存在的。

宋华阳的寂寞是无爱的寂寞。想一想，其实，爱或不爱，都同样寂寞。寂寞和孤独，似乎是我们一生都无法抛弃的东西，它如影随形；它看似平淡，却让我们刻骨铭心。青春，在空虚和寂寞中悄然流走，我想，这才是宋华阳此时感觉到的无助吧。

朱颜辞镜花辞树，应该是每一个女子内心的无可奈何吧。一个女子，如果没有人和她一起分享自己的一些东西，恐怕是最寂寞的吧。有的时候，想一想，寂寞这两个字，包含了一种空前绝后的无助和软弱，有泪在暗夜里独自落下，有哭泣在耳边响起，让人心疼。

没有爱，所有入眼的景物，都是寂寞。但有了爱后，所有入眼的景物，都有心爱之人的影子，如果不能亲近，恐怕更是寂寞吧。

这句"长河渐落晓星沉"，恐怕是李商隐告诉宋华阳时光易逝，青春无多，应该珍惜眼前的大好时光，好好地恋爱。宋华阳读了之后，应该懂得了李商隐的意思，这才打开了自己的内心，把自己的情感交付给了他，把自己的寂寞也交付给了他。

爱一个人之前，一无所有；爱一个人之后，应该是应有尽有吧。有快乐，也有悲痛。

"嫦娥应悔偷灵药，碧海青天夜夜心"这两句，其实是告诉宋华阳，如果不珍惜眼前的大好时光，趁着这大好时光恋爱，她会和嫦娥一样身陷在冰冷的月宫，夜夜凄凉。

每一个人的心里，应该都有一个花园，一旦遇到了那个要找的人，便会满园春色关不住。不管最后的结果是不是会全部凋谢，但至少曾经开过，那么认真而努力地开过，在余下的衰老的光阴里，也可以无怨无悔地告诉自己，我盛开过。

心里有所牵念的人，我想，是活在这个无比荒凉的人世，最后一点温暖和安慰吧。此时，宋华阳还不能理解这些。此时，李商隐有很多情话，都无法说给她听。

时间的脸始终是冷冰冰的、阴暗的，在它面前，一切生命都是短暂的，短暂得让人心疼。有一个诗人说过，一个女人的泪水只能在深夜出现，这一点，我想李商隐是懂得的，所以，他用自己的文字，让宋华阳从沉睡中苏醒过来。文字，有的时候，是一种解脱，但更多的时候，却是束缚。

宋华阳读到这首诗后，她是否读到这些文字背后，李商隐那想深入她内心的渴望？

"碧海"，传说中的海名。据《十洲记》："扶桑在东海之东岸，岸直，陆行登岸一万里，东复有碧海，海阔狭浩汗（通'瀚'），与东海等，水既不咸苦，正作碧色。""青天"，碧蓝的天。

"夜夜心"，不过是夜夜的寂寞和孤独而已。沈德潜这样评价这两句："孤寂之况，以'夜夜心'三字尽之。"

嫦娥虽然得以成仙，但却远离尘世，居于月宫之中，那夜夜的清冷和寂寞，又向谁人说呢？

相见时难别亦难

相见时难别亦难，东风无力百花残。

春蚕到死丝方尽，蜡炬成灰泪始干。

晓镜但愁云鬓改，夜吟应觉月光寒。

蓬山此去无多路，青鸟殷勤为探看。

——李商隐《无题》

这是李商隐的爱情名篇，可以用朗朗上口来形容。在最早读到这首诗的时候，就很喜欢。不过，那时候不懂得诗中深隐的情感，因为没有爱过，所以，不懂得这首诗中隐含的绝望和悲痛。那时候，只是喜欢这首诗中的句子，根本不知道爱情是什么样子，又到底是怎么一回事。

这首诗，就诗意来看，应该是李商隐写给自己初恋的女子的。这个女子，多半是宫中之人。

这首诗，情感真切，沉哀入骨，带着斑驳的疼和孤独的伤。有人推测，这首诗当写于李商隐学道的那段时间。如果是这样的话，那么应该是写给宋华阳的。

宋华阳，一个很美丽的姑娘，我们可以从李商隐自己的诗中找到证据。李商隐在《镜槛》一诗中这样写道："镜槛芙蓉入，香台翡翠过。拨弦惊火凤，交扇拂天鹅。隐忍阳城笑，喧传郢市歌。仙眉琼作叶，佛髻钿为螺。五里无因雾，三秋只见河。……"从中我们可以看出，这个女子不仅长得美丽，而且很爱笑，而且还懂音律，擅长歌舞。李商隐沉醉在她灿烂而美好的笑容中，不能自拔。

爱情自古以来，都是发乎于心的，这是想控制也无法控制的事情。两颗年轻的心，偶然遇到了，认识了，相恋了，这一切什么都无法阻止。

"相见时难别亦难"句，起得异常沉重。江淹在《别赋》中这样说："黯然销魂者，唯别而已。"他的意思是，让人黯然神伤的、暗暗流泪和疼痛的，只有生离死别。这种沉重中蕴含了一种无力和疼痛。我想到了苏轼的那首《江城子》："十年生死两茫茫，不思量，自难忘。……纵使相逢应不识，尘满面，鬓如霜。"

从这句看，这首诗当作于宋华阳和李商隐的爱情被发现之后，她被主人送回宫里，一入宫门深似海，两人可能再也没有见面的可能。写到这里，总是会想到纳兰容若的《画堂春》："一生一代一双人，争教两处销魂。相思相望不相亲，天为谁春。　　浆向蓝桥易乞，药成碧海难奔。若容相访饮牛津，相对忘贫。"

纳兰的这首词，也是写于他的表妹被选入宫之后。纳兰和李商隐一样绝望。此时，对于他们来说，和自己心爱的女子见上一面是艰难的，因为，两两相隔，咫尺天涯。而一有机会相见，离别更是艰难的。因为人有情，所以会眷恋，会不舍，会疼痛。自古以来，对于两个情人而言，最苦、最痛、最疼的，不过就是离别。

宋华阳没有完全的自由，可是即使有完全的自由，在那个时候，也无法拥有选择爱情的权利。悲剧，注定要发生。

李商隐和宋华阳，在我看来，两个人是认真相爱的，更是发自内心真诚地去爱对方。因为单从李商隐第一句"相见时难别亦难"的诗意来看，不像是李商隐在单相思。如果是李商隐在单恋的话，至少不会有"别亦难"三个字。这三个字分明把一个女子对他的依恋，活生生地刻画在我们的眼前了。这句诗，写出的其实是两两相爱，不舍分别，悲悲凄凄的缠绵。

"相见时难别亦难"，也不过是"薄幸的人儿不回归，弹一个梦中的人儿留不下，醒来不见他"之意。这句，很有古乐府诗的一些特色。曹植曾经在诗中这样写过："今日同堂，出门异乡。别易会难，古人所重。"这句"别易会难"，也出现在后来成书的《颜氏家训》中。古人的诗词中，只要是爱情诗或送别诗，总有这种"别易会难"的哀痛。

《古代艳歌》有一首是这样写的："想不出一条长远计，不得不分离。手扯着衣衫，暗声悲啼，不能言语。想当初，与你相交非容易，不敢相欺。到而今，两次三番添忧虑，终日昏迷。满怀心事，向着谁提，唯有自知。盼你来，你未曾来时先愁你去，照旧是相思。除非是，来来往往跟你走，心满意足。"

爱一个人，一旦放手，也许就是近在咫尺，却如远隔天涯，也许就是今生再也无缘相见。这是几千年的泪水，是几千年前的承诺，是几千年前的悲痛，是几千年前的疼，在文字当中永生着。没有深深爱过再别离的人，怎么会懂得"相见时难别亦难"这简单的七个字组合在一起所蕴含的绝望、破碎、疼痛和无力呢？

爱过，才会懂得，原来失去你，我的心是这么疼，我的眼睛是这么潮湿，我的灵魂是这么空洞，我的未来，是这么黑暗。

从第一句的诗意来看，他们虽然相见困难重重，但两个人还是克服了种种困难见了一面，这样的相见，最刻骨铭心。见了面，可以轻拥着她温热的身体，可以轻吻她的唇，她的眼睛，她的鼻子，甚至可以亲吻她的额头和长发。可以和她甜言蜜语，可以和她倾诉衷肠。可以抬起自己的手轻轻地抚摸她的脸颊，深情地对她说：我想你。写到这里，我已是黯然落泪。还有几个人真正懂得如何去爱？

现在想一想，这次相见，是多久之前的事情了呢？在我看来，这首诗，其实是李商隐写下的回忆录。很多的诗词，都不过是一种回忆录。因为所有的文字，都是对已经逝去或正在逝去的人事的一种记录，一种试图的还原。她走后，李商隐无比地思念，所以就提起笔来写下自己内心的思念、绝望、怀念，甚至是疼，来纪念她。

晏小山在《临江仙》中也是如此纪念他所爱的女子的。他这样写道："梦后楼台高锁，酒醒帘幕低垂。去年春恨却来时。落花人独立，微雨燕双飞。　记得小苹初见，两重心字罗衣。琵琶弦上说相思。当时明月在，曾照彩云归。"

当时明月在，曾照彩云归。可是此时，她在哪里呢？是不是面对着红色的高墙，狭小的天空，仿佛一只坐井观天的青蛙一样，暗暗地思念着他？是不是遥望着小小的天空，试图用思念拉近彼此的距离？一入宫门深似海。此时，李商隐又用什么才能渡过这汪洋大海呢？

"东风无力百花残"句，是以哀景衬托内心的境况。在这里，正应了王国维在《人间词话》中所说的，一切景语皆情语也。东风无力，百花凋残，这些都是经典的意象，一直在中国文人的心里，成为一种无法碰触的疼。如同李煜在《清平乐》中写的一样："别来春半，触目愁肠断。砌下落梅如雪乱，拂了一身还满。　雁来音信无凭，路遥归梦难成。离恨恰如

175

春草，更行更远还生。"

我读诗词，相当不喜欢从格律和理论上去解读，我认为这样做，容易忽略诗人或词人内心真切的情感，是一种得不偿失的事情。我还是喜欢从情感的角度入手，在考虑诗人或词人人生经历的基础上，深入了解他们的诗词、他们的情感，甚至他们的心灵轨迹。也许我本人一直是一个倾向于抒情的人。抒情是一个诗人或词人的宿命，怎么也无法抛弃。李商隐也是。他也是一个一直在抒情的诗人，且一直在情真意切地抒情。

东风缓缓地吹着，那些落花，如同落雪一样，拂了一身还满。这是一种寂寞的举动。此时这些落花背后，透出一种透骨透心的冷，冷透了那颗思念的心。春风阵阵，落花片片，飘落如雪，不绝不停。那颗心，仿佛长了翅膀，在风中飘荡，但却无法飞到她的身边。

"东风"，即春风。东风无力，其实，这里有作者自己的影子。东风无力地吹拂百花，无法使其再度盛开。这不正像李商隐一样，无力留住自己心爱的女子，无力呵护自己心爱的女子吗？"百花残"，不过是花事已过。花事阑珊处，总有一颗心，在思念，甚至是怀旧。这春天的花朵已经凋残，有可能是实写，也有可能是暗喻。"百花残"，为什么不是李商隐在写自己的爱情呢？也就是说，他和她的爱情，已经凋残，不可能再次开放。

李商隐是多么悲痛啊！他心里燃烧的总是绝望和疼。李商隐内心有一种深沉的凄凉和空洞。此时，人在哪里？此时，没有一丝信息，没有一丝温暖。此时，有一扇门永远地关闭了。余下的时光，只能和遗忘进行微弱的对抗。此时，他的心里只有无限的疼痛和惆怅。东风缓缓地吹，落花如雪急急地落，而有一扇窗户正向他关闭。

"春蚕到死丝方尽，蜡炬成灰泪始干"，这两句，赵臣媛认为是"镂心

刻骨之言"。谢榛也认为这两句"措辞流丽，酷似六朝"。这两句，"取无情之物作有情用也"，也就是用无情之物来写人之用情之深。我觉得，这两句更是李商隐的誓言，是李商隐对阻碍他和所爱之人相会的势力的控诉。

"丝"，是"思"的谐音。这种表现手法在《子夜歌》或《古乐府》中经常出现。比如："春蚕易感化，丝子已复生。""春蚕不应老，昼夜常怀丝。何惜微躯尽，缠绵自有时。"

李商隐把自己比喻成一只春蚕，思念着情人，一点一点地吐着深情的丝。这句可以这样意译："你放心，我对你的爱，只有等到我死，才能结束。"可是，再美丽的誓言，都敌不过时间。这个时候，不知道为什么，一个人在我的耳边一直在唱着："人也许会变，因为经过了时间。"歌声反复在提醒我，我们内心的软弱。

蜡炬，难道仅仅只是蜡烛？不，在我看来，这不过是一种隐喻。蜡烛，是李商隐和这个女子的爱情。爱情成灰了，泪水慢慢地哭干，剩下的，就只有无边无尽的怀念。然后，一直在怀念中走走停停，慢慢地度完余下的光阴。

蜡烛，一直是一个和别离有关的意象。最著名的例子，当是杜牧的诗了。杜牧当年在扬州，真的是很受女子们的喜欢，所以，他才有"落魄江湖载酒行，楚腰纤细掌中轻。十年一觉扬州梦，赢得青楼薄幸名"这样的感叹。不过，当他离开扬州，和他喜欢的歌女别离的时候，却露出了深情的一面。他在《赠别》中这样写道："多情却似总无情，唯觉樽前笑不成。蜡烛有心还惜别，替人垂泪到天明。"

"蜡烛有心还惜别"和"蜡炬成灰泪始干"句，都成了为爱情牺牲的名句，千古传诵。可是，又有几个人深入地去体会这两句诗当中，蕴含着怎样的深情、怎样的悲痛、怎样的绝望和怎样的距离？

"晓镜但愁云鬓改，夜吟应觉月光寒"，体现了李商隐强大的想象力。一个作家或诗人，当是一个有想象力的人。一个没有想象力的人，是不可能创作出这样经典的诗句的。

"晓镜但愁云鬓改"句，像电影特写的镜头。现在，随着李商隐的镜头，我们来看看吧：一个女子，清晨对着镜子梳妆，很是害怕自己那黑云般的头发变白，害怕自己泛着青春光泽的容颜暗淡，害怕对自己心爱的男子失去吸引力。

这个电影镜头，是首先从闺中物品开始的。我们通过李商隐对她动作和心理的描写，不难想见，这是一个很美丽的女子。女为悦己者容。她的一切美丽，因为他才有价值和意义。如果没有了他，这一切，都变得空洞和毫无意义。

"夜吟应觉月光寒"句，总是让我想到黄景仁的诗：几回花卜坐吹箫，银汉红墙入望遥。似此星辰非昨夜，为谁风露立中宵。缠绵思尽抽残茧，宛转心伤剥后蕉。三五年时三五月，可怜杯酒不曾消。这句和黄景仁"为谁风露立中宵"句，都应该是思念情人最好的句子。一个是为了思念情人而觉得月光寒冷，一个是为她风露立中宵，都同样情深。

李商隐自己终于浮出水面。李商隐把镜头和笔锋一转，然后，就露出了自己那因思念无比憔悴的面容以及满是惆怅和风尘的身影。我们可以看到有一个男子，站在寒凉的月光下面，满眼泪水地望着远方，低低地吟着为她而写的诗句。

内心的思念，因为无法得到触碰，所以才会觉得无比地冷。其实，到底冷的是那薄薄的月光，还是那颗无爱的心？

"蓬山此去无多路"这句，不过是一种纯粹的希望和幻想。句中的

"蓬山"有人说原为神话传说中的蓬莱仙山，这里，当指李商隐在学道时和宋华阳相遇的玉阳山。可是，我怎么都觉得，这种说法，太过认真。我们为什么不能说，这里的"蓬山"指宋华阳离开李商隐后所住的地方呢？

此时，宋华阳住在哪里，都无关紧要。关键是，李商隐想着她，她也念着他。对于他们而言，"蓬山"，不过是一种记忆，一种刻骨铭心的记忆。

"青鸟殷勤为探看"句中的"青鸟"，原指西王母所养的神鸟，这里我个人觉得，应该是指情书，就是李商隐对宋华阳的嘱托，让她要经常给他写信，好让他知道她的消息。

你一定要经常写信给我，告诉我，你是不是还在想着我。可是，想着，念着，又能如何？

梦为远别啼难唤

来是空言去绝踪，月斜楼上五更钟。

梦为远别啼难唤，书被催成墨未浓。

蜡照半笼金翡翠，麝熏微度绣芙蓉。

刘郎已恨蓬山远，更隔蓬山一万重。

——李商隐《无题》

这首诗，我觉得，应该是写在那首"相见时难别亦难"之后，虽然那时李商隐和宋华阳也是处在离别的状态，但偶尔还能相会，但从这首诗的意思来看，两个人已经成了"更隔蓬山一万重"。两个人的距离，变得是如此遥远。宋华阳，仿佛是那一去不返的风，在李商隐心里，留下的只是凉意。

在这寂寞而充满凉意的世界之上，相见后的相爱，不代表着永远斯守在一起。可是，很多人还是无法正视这样的结局。于是，当他们离别之后，一颗心仍然充满了碎裂的痕迹。情到深处，仿佛已成无情。天长地久，不过是一瞬间的相拥，温暖过后，则是痛心刻骨的凉。

李商隐，也是如此这般的疼痛。爱过一个人，真心付出之后，发现无

法得到，发现心里的向往无法被成全时，怎么可能不疼痛？曾经多少个清晨和黑夜，自己安静而默默等待那将要莅临自己生命的人。是不是所有的姻缘，都是难分难舍的纠缠，以及天亮后说分手的对白？

似乎结局已经尘埃落定。一路的追寻，只是永远的失落。如今，不过是欢场散后，一个人独自无言的寂寞和忍辱负重的疼。人走茶凉，人情薄似云水。那个那么美丽的女子，仍然还是选择了离开。离开，似乎是一声声音符，在他心里能奏出的只是悲歌。

"来是空言去绝踪，月斜楼上五更钟。梦为远别啼难唤，书被催成墨未浓。"

《唐诗鼓吹评注》这样说："此有幽期不至，故言来是空言而去已绝迹。待久不至，又当此月斜钟尽之时矣。唯其空言，所以梦为远别，啼难唤醒，而裁书作答，催成墨淡也。想君此时，蜡烛犹笼，麝香微度，而我不得相亲，比之刘郎之恨，不更甚哉！"

宋华阳可能答应过李商隐要来和他约会，可是她最终没有来，但李商隐对她的思念，仍然像一朵花儿一样，在春天的阳光下，肆意地盛开着。所以，李商隐才说"来是空言去绝踪"，显然，这是对宋华阳的追问。他隔着距离，仿佛一直在问：你不是说过，要和我再次相会吗？为什么，如今仿佛人间蒸发了一般？

所有的誓言，如今，不过只是一个男人无力而虚弱的叹息。再美的山盟海誓，敌不过时间和距离的轻轻一击。只是，在他的生命旅程中，所遇到的宋华阳，成了他心里的一朵花，是刻在他心里的符号，更是一种无法明言的意象，当它隐隐疼痛的时候，回忆就重新把他燃烧一次。

此时，在李商隐的诗里，月亮同样充当了一种凄凉而思念的意象。这首诗的前两句，明显充满了抱怨。这种抱怨，在纳兰的词中同样有。纳兰一直在追问着他的表妹，为什么不能保持"人生若只如初见"的那种依恋？纳兰和李商隐这样凄凉而无力的叹息，穿透了时光，重重地扎在今天我们柔软的心上。

"月斜楼上五更钟"，足以证明他思她，念她，想她之深、之长。思念她的时候，他失眠了，且这种失眠长达一夜。在"月斜楼上"这四个字的背后，有一个思念的背影，站在小楼之上，思念着那个没有前来相见的人。

这个背影，一直站在小楼之上，遥望着远方，一直站着。仿佛要把自己站成一盏小灯，为那个自己思念的、却陷在夜晚当中的人，照亮她的来路。然后，怀抱着对她的思念，浅浅入梦。醒来之后，已经是五更时分，那一声声的晨钟，凄冷地敲在他的心上，仿佛在提醒着他，他已经失去了她。

所以，姚培谦这样评论这首诗："极言两人情愫之未易通，开口便将世间所谓幽期密约之丑尽情扫去。其来也固空言，其去也已绝迹，当此之时，真是水穷山断，然每到月斜钟动之际，黯然魂销。梦中之别，催成之书，幽忆怨乱，有非胶漆之所能喻者。乃知世间咫尺天涯之苦，正在此时。……所谓'其室则迩，其人甚远'，纵复沥血剖肠，谁知我耶？"

"五更"到底是什么时候？五更在寅时，称平旦，又称黎明、早晨、日旦等，是夜与日的交替之际。旧时受科技水平和计时手段的限制，把夜晚分成甲、乙、丙、丁、戊五个时段，用鼓打更报时，所以叫作五更，又称五鼓、五夜。一更是 19 点至 21 点，二更是 21 点至 23 点，三更是 23 点至凌晨 1 点，四更是凌晨 1 点至 3 点，五更是凌晨 3 点至 5 点。所以古人说："一更人，二更锣，三更鬼，四更贼，五更鸡。"

这"月斜楼上五更钟"的钟声，一声一声地敲击在李商隐心里，敲得

生疼。窗外有月，月下独立寒凉人，总是有一番月落乌啼之悲。

因为过于思念，所以，就算是梦中，也能见到。别人我不知道是不是，但李商隐是。因为过于思念宋华阳，所以，她进入了他的梦中。然后，她就离开了，只留下如此鲜活的梦境让李商隐独自回味，独自悲伤。我们读到这两句诗，宋华阳的身影就自动出现在我们的脑海当中。

在李商隐的梦里，她来了，但她又离开了。她来去都是那么鲜活而自由。而李商隐痛哭流涕地呼唤着她，她也没有回头，像一阵风，无痕无迹。他马上醒来了，想写封信给她，由于急于书写，还没待墨研浓，就急着写下自己的思念，最后才发现没写出什么清晰的字来。这是多么可悲啊！

写到这里，我总会不由自主地想到晏几道，这个被称为"古之伤心人"的男子。他在《思远人》中这样写道："红叶黄花秋意晚，千里念行客。飞云过尽，归鸿无信，何处寄书得？　泪弹不尽临窗滴，就砚旋研墨。渐写到别来，此情深处，红笺为无色。"

晏几道的这首词，简直就是李商隐"书被催成墨未浓"的延展。他这首词的词牌，更是李商隐这首诗的注解。思念远人，我想，才是李商隐在这首诗中最想说的话吧。用泪水研出来的墨，到底是怎样的，我想也只有这些痴心的男人才能知道。

"蜡照半笼金翡翠，麝熏微度绣芙蓉。刘郎已恨蓬山远，更隔蓬山一万重。"

这段是写醒后的一些事情。蜡照，指蜡烛的光照。一提到蜡烛，就必然会想到别离和思念之人。不过，一提到蜡烛，我就会想到杜牧。他写过一首《赠别》："多情却似总无情，唯觉樽前笑不成。蜡烛有心还惜别，替人垂泪到天明。"

李商隐这里的蜡照，我怎么都觉得就是杜牧的"蜡烛有心还惜别，替人垂泪到天明"。让我们把情景返回到当初：那昏暗的烛光之下，有一个身影站在桌前，无比伤痛。这时的蜡烛，仿佛也被他的思念打动，为他暗暗落泪。

"金翡翠"，指的是以金线绣成翡翠鸟图样的帐子，这里是指制作精美的帐子。有专家认为，由于蜡烛的光过于微暗，所以照不到帐顶之上，所以这里才说是"半笼"。对于这样的解释，我不是很赞同。我认为，这里的"半笼"，应该是帐子笼着，没有放下来。

如果看古装电视剧的话，只要细心一点，就能看出这样的细节：主人公睡觉的时候，只要人一站在床前，就立刻放下帐子。相反，只要主人公起床的时候，首先要做的事情，就是笼起帐子。而为什么帐子在这里是"半笼"着呢？因为从上面的诗意我们可以看出，由于他在梦中见到了宋华阳而起来准备写信给她。他已经起来了，如果不把帐子笼上，这是不合常理的。

"麝熏微度"，古人有熏衣的习惯。纳兰容若在一首《菩萨蛮》中这样写道："阑风伏雨催寒食，樱桃一夜花狼藉。刚与病相宜，锁窗薰绣衣。画眉烦女伴，央及流莺唤。半晌试开奁，娇多直自嫌。"

"刚与病相宜，锁窗薰绣衣。"病刚刚才好些，女子起来开了锁窗（同"琐窗"，雕刻有花纹图案的窗户），透些清爽的气息进来，天气潮湿，置了炉熏烘衣。"锁窗薰绣衣"的场景，是颇为高贵幽雅的。古代有经济实力的人家，讲究生活品位，对熏香极其重视。不仅家里经常焚香，弄得芬芳扑鼻，还要熏衣、熏被。现存上海博物馆的一幅明代画家陈洪绶绘的《斜倚熏笼图》里，一个妇人拥被懒懒地斜倚在熏笼之上，细眉娇颜，神态妩媚，笼下香气袅袅，这是古代上层社会典雅、高贵生活的写照。

"绣芙蓉"，绣着芙蓉图案的被子。过去，结婚的时候，一般娘家都陪送几床绣着芙蓉的被子。这句的意思应该是，熏炉中点燃了麝香，香烟袅袅地弥漫在整个房间，就连被褥之上都沾上了麝香的香味。

"刘郎已恨蓬山远，更隔蓬山一万重。"

这是写两人之间的距离。"刘郎"，冯浩认为是用汉武帝求仙之事。可是我觉得这里的"刘郎"，应该是指刘晨上天台山采药迷路遇仙女一事。这个传说，《幽明录》和《神仙传》等书中都有记载。东汉永平年间，剡县人刘晨、阮肇入天台山采药，迷路不得返。经十三日，于溪边遇二女，色甚美，欢然如故旧。女邀还家，食以胡麻饭、山羊脯，味甘美。行酒及夜半，留宿之。至十日欲返，苦留之，及半年归。归后见乡邑零落，至家，子孙已七世。后重入天台山访女，踪迹渺然。这首诗中的"刘郎"，是李商隐的自喻。

李商隐一直把宋华阳看成仙女一样。

"蓬山"，当是指宋华阳的居所。不知道这个时候，宋华阳是不是还住在玉阳山的灵都观。

李商隐心里是有恨的。他恨的是距离无法缩短。有的时候，不怕距离遥远，怕的是，我站在你的面前，你不知道我有多么爱你。世界上遥远的不是肉体的距离，而是心灵的距离。回首处，终于明白，与你相遇，仍是上天的安排。我只是难过不能陪你一起老，再也没有机会，看到你的笑。李商隐是否能笑着说：我们已成陌路，相遇也算是恩泽一场。

把所有的伤心走遍，最伤心的是心爱的人不是我们的终点。把所有的绝望走遍，最绝望的是她们还在起点，一步未动，而我们已经走远，无法回头。回忆是一条道路，通向的却是寂寞的牢房。

用心入诗，一生是为你沦落天涯的棋子。路过的风景，李商隐已经妥

当地保存了起来。那些关于她的一笑一颦，李商隐已经在他的诗里好好收藏了起来。如今，你能否看到？

就像林忆莲唱的那样："夜已深还有什么人，你这样醒着数伤痕。为何临睡前会想要留一盏灯，你若不肯说我就不问。虽然爱是种责任，给要给得完整。有时爱美在无法永恒，爱有多销魂就有多伤人。你若勇敢爱了就要勇敢分，你若勇敢爱了就要勇敢分。"

是啊，爱有多销魂，就有多伤人。这般销魂蚀骨，荒芜一城。

见客入来和笑走

秋千打困解罗裙，指点醍醐索一尊。

见客入来和笑走，手搓梅子唤中门。

——韩偓《偶见》

韩偓，晚唐著名诗人，字致尧，小字冬郎，自号玉山樵人，唐武宗会昌二年（842年）生于今陕西西安。其父韩瞻，和晚唐诗人李商隐是连襟，也就是说李商隐是韩偓的姨夫。韩偓著有《翰林集》，又以《香奁集》闻名于世，这种香艳诗体后世多有人效仿，被称为"香奁体"。

韩偓的这首《偶见》，长期被淹没在众多的诗词当中，后来因为宋朝才女李清照，这首诗才受到世人注目。

李清照还在闺阁当中的时候，就写过一首《点绛唇》："蹴罢秋千，起来慵整纤纤手。露浓花瘦，薄汗轻衣透。　见客入来，袜刬金钗溜。和羞走，倚门回首，却把青梅嗅。"

李清照在这首词里直接化用了韩偓的这首《偶见》。李清照词里的"见客入来"句中，"客"是谁呢？我怀疑是赵明诚。因为，赵明诚的师父就是李清照的父亲，他没有理由不去瞧瞧自己的师妹，况且李清照文名早已远播在外。

李清照这首词，将少女无比娇羞的形象写得呼之欲出，让人无比喜爱。

从韩偓这首诗的标题来看，我怀疑是韩偓偶尔看见了谁家的少女，所以动笔写下了这首诗，用来记录当时让他神摇心夺的情景。而李清照看见赵明诚来了，觉得跟韩偓这首诗中的情景很像，所以，她就化用了这首诗的诗意，用来表现她跟赵明诚偶见时的一些情态。

"秋千打困解罗裙，指点醒醐索一尊"，这两句写活了一个少女的情态，而且这个少女还没有被礼教约束，是相当自由的。

在宋代，理学兴起，未嫁的女孩子都被困在闺阁当中，得不到自由成长的机会。庆幸的是，诗中的女子生活在唐代，一个风气开放的社会，我想，这正是李清照喜欢这首诗中的少女形象的原因吧。

李清照的父亲李格非是一个饱读诗书的学士，但他对自己女儿的教育却是相当宽松的，从李清照的词中可以看到，她在少女的时候甚至还可以喝酒，喝醉了还能泛舟河中去惊起一滩鸥鹭。

"秋千打困解罗裙"一句，直接就被李清照化用到了她的词中。"秋千"，古时多被少女和孩童们喜欢。特别是在宋词当中，我可以负责任地说，哪里有院落，哪里就有秋千；哪里有秋千，哪里就有少女。秋千，在宋词当中，简直就成了美丽、哀愁、寂寞和思春少女的代指。

"秋千打困"，其实是"打困秋千"，意思是在秋千上摇荡得有些烦了、累了。"解罗裙"，应该是这个少女从秋千上下来去换了衣服。我不知道，这三个字是不是仍然还会让大家联想到李清照。李清照在《一剪梅》中这样写道："红藕香残玉簟秋，轻解罗裳，独上兰舟。"词里的"轻解罗裳"，也是换衣服的意思。

"指点醒醐索一尊"，这句写少女求酒喝。女子的神态被描写得相当可

爱。"醍醐"，指的是美酒。"一尊"，一杯的意思。

不知道是不是在家宴上，这个少女指着酒壶说，给我来一杯。多么可爱的形象！那种活泼直率的性格被描摹得栩栩如生。若有少女指着酒瓶说，给我来一杯，我会温柔地对她笑笑，然后给她倒上一杯，轻轻地说，就这一杯吧，喝多了伤身。

"见客入来和笑走，手搓梅子唤中门"，这两句直接刻画了少女内心的情绪。高明的诗人总能把外在的神态和内心的情态同时刻画出来。

"见客入来和笑走"这里的"客"，跟李清照词里的"客"，估计是一样的，是一个年轻俊美而且才华横溢的书生。这里的"客"会不会是韩偓本人？我很怀疑是的。

少女正在宴席上喝酒，猛然看到一个年轻的书生模样的男子走过来了，慌忙站起身来，微笑着离席而去。这是种又羞又喜的情态。羞的是自己坐在桌旁正在大口喝酒，喜的是终于看到了一个年轻的书生模样的男子。若联系本诗的标题来看，这次的见面，当是第一次，显然是偶然碰见的。

"手搓梅子唤中门"，这句其实写的是少女内在的情态。"梅子"，梅树的果实。"中门"，内、外室之间的门。这场筵席应该是在外室进行的，内室一般人不能进。

这个女子笑着走到中门后，手里搓着梅子，在那里唤什么呢？是唤丫鬟还是父母？我觉得，可能是在唤人问这个男子走了没有。

《千首唐人绝句》一书中这样评价此诗："此诗活画打罢秋千，见客走避之少女形象，生动传神，娇痴如见……"这个女子和这个男子最后有没有相爱？有没有最后结成百年之好？

其实，对于这个问题的答案，我本人很感兴趣。因为，活在这个世上，遇见一个想遇见的人是多么艰难，若是不能相爱，总是让人觉得遗憾。若是可以相爱，就算最终分开，也是值得的。

不结同心人

风花日将老，佳期犹渺渺。

不结同心人，空结同心草。

——薛涛《春望词》

在唐朝，有三个著名的女道士兼女诗人，她们是薛涛、李季兰和鱼玄机，但在这三个女诗人当中，薛涛诗名最盛。

薛涛，字洪度，都说她是长安人。她的生卒年历史记载很乱，著名的薛涛研究专家张篷舟先生认为，薛涛生于唐代宗大历五年，即公元 770 年，卒于唐文宗大和六年，即公元 832 年。可是，我个人还是倾向于刘天文教授的说法。他说："……涛之生年在唐德宗建中二年（公元 781 年）……"

这首诗是她所作五首《春望词》中的一首。这首诗，朱德慈教授认为是写给著名诗人元稹的。他是这样说的："再看四首《春望词》……只消看其屡言'结同心''两相望'，便不难断定，只有作者所恋才能消受得起四首多情的诗歌了。"

朱教授所言甚是。有很多人认为薛涛比元稹大很多，这都是因为他们断错了薛涛的出生年月，所以才有这样的错误发生。刘天文教授认为"涛之生年在唐德宗建中二年，而元之生年在唐代宗大历十四年，二人聚晤时，

涛年二十八，元年三十，如此，则事实与情理俱合，疑团可释"。

既然薛涛和元稹发生过一段恋情已经被大家所公认，那么，若照张老的推断，元稹见她时薛涛已经将近五十了，而元稹才三十岁而已，这样的恋情能发生吗？我很怀疑。所以，我觉得还是刘天文教授的说法更合理。

这首诗是标准的闺怨诗的写法，起笔先景后情。"风花日将老，佳期犹渺渺"，这两句先是描写景物，后表达对佳期渺茫的悲痛。

"风花"，风中摇摆的花。这里明写花，实则以花喻人。"日将老"，应是天将黄昏之意。我的朋友周远望认为有"时间久远"之意，也颇有见地。"佳期"，相会之期。"渺渺"，渺茫和毫无希望之意。

这个时候，薛涛觉得自己像风中的那一朵花，他已经许久没有前来观赏过，而跟他的相会又渺茫无期，让她心里难过。其实，薛涛不过就是一个寻常女子，她对爱情有着深深的渴望。也许，爱会让我们一心碎裂，万般难过，但没有爱情的一生，该是多么苍白。

这个时候的薛涛是敏感的，从这首诗看，应是薛涛与元稹两人确定恋爱关系之后，她心灵深处生出的汹涌的思念。她一直都是尘世间的一朵花，灼灼其华，痴痴地等着那个懂自己的人来采。

只是，花开不过一瞬，转眼那个看花之人便已扭过头去，消失在茫茫人海，从今天涯两相望。

"风花日将老"这句，我个人觉得，还有青春无多、转眼老去之叹。对于爱美的女孩子来讲，这种心态再正常不过。这句显然有呼唤元稹快快和她相聚之意。

那朵花在黄昏的风中摇动，这是被动的甚至是不由自主的动作。青春正一点点从薛涛的脸上流走，你啊，我所爱的人，为何不趁着我还年轻美

丽的时候来好好爱我?

这样的心境,其实就像席慕蓉写过的那样:"如何让我遇见你,在你最美的时候。"我的好友胭脂也写过:"心若不能停下来,到哪里,都是流浪。"心若安,处处是家。只是,这一颗无比思念的心,又怎么能安定下来呢?因为,它在远方四处寻找着那个心爱之人的消息。

"不结同心人,空结同心草"这两句,是悲叹,是绝望,也是无奈。

一个正值青春年华的妙龄女子,守着一屋子的寂寞,看时光流逝,在回忆里一遍遍搜寻所爱之人的影子,花落了,春去了,相聚的日子渺渺无期。"不结同心人"不是不想结,是结不到,那个可以与自己心意相通的人想来是那么的遥不可及,爱情来了又走了,如同烟花璀璨耀眼,却只是短暂的光芒。可就算短暂,也足以照亮她的整个生命。

在我眼里,无论薛涛是多么的冠绝群芳、才艺出众,她都仅仅是一个普通的女子,普通到就如同生活在我们身边的人一样,有着七情六欲,有着世俗中女孩子身上所有的优点和缺点,她渴望爱与被爱,渴望能有一个与之结同心的人,渴望一份美满的家庭生活。只不过,她有着一般女子所没有的才华和抒情的天赋,以及一颗敏感的、诗意的心。

"同心人",心意相通之人,这个人无论是谁,一定是她倾其生命爱着的人。我想,一个人,无论男女,一生当中能遇到一个可以为之放下所有尊严和骄傲,用尽全力去爱一场的人,都是幸运的,因为有些人一辈子也不可能遇见这样的爱情。爱情的意义,不在于结果,而在于过程,我来过,我爱过,就够了。

"空结同心草"中的一个"空"字,让我们看到了诗人的孤独和绝望。那个多情而美丽的女子,仿佛身在无边无际的海上,四周是无边的黑暗,望不到幸福的岸。一个人最痛苦难挨的不是身体的寂寞，而是内心的空洞，这种空，是灵魂深处的空，是茫然无助的空，是用再多的东西都无法填充的空。心爱的人一个转身，她的世界从此就空了。

"同心草"是象征着爱情的草。心爱的人不在了，可爱情还在，爱情不会随着他的离去而消失分毫，相反的，它会随着时间的流逝越积越厚，相伴一生。都说元稹是个薄情郎，得到女诗人薛涛的身心之后就淡出了她的世界，违背了自己的誓言。可是，我却不这样认为，我觉得，元稹一定有元稹的苦衷，在那个年代，身份地位的悬殊，是不允许元稹做出选择的，我们只是看到了薛涛的凄凉，却没法看到元稹的痛苦。每一份感情的付出，只要是发自内心的，都是弥足珍贵的，又何况，能得到薛涛这样风华绝代的女子的爱情，在元稹的心里，他也一定是倍加珍惜的，只是他不得不离开，不得不放下。这让我想起秦少游的一首《满庭芳》："销魂、当此际，香囊暗解，罗带轻分。谩赢得青楼，薄幸名存。此去何时见也，襟袖上，空惹啼痕。伤情处，高城望断，灯火已黄昏。"这样的场景，这样的心境，应该是和元稹的一样吧。

整首诗来看，是诗人对爱情的悲叹、绝望和无奈，但没有抱怨，我个人是觉得没有抱怨的，要说抱怨，不过是在抱怨青春渐失，容颜将老，没有太多的时间等待。上天让我遇见你，在我最美的时候，为此，我愿意放弃一生的繁华，只为你一个人守候。这应该是薛涛的心声吧。

我们在看待一段爱情时，请用慈悲的心去解读它，没有谁对不起谁，只有谁爱谁更多一点，但凡是人，古人也好，今人也罢，都是渴望爱情的，都是视爱情为神圣的。

"万里桥边女校书，枇杷花里闭门居。扫眉才子知多少，管领春风总不如。"女诗人薛涛，历史画卷里一枝怒放的花，爱情诗章里一朵出尘的

莲，可惜生不逢时，若生在今日，肯定不会再有"风花日将老，佳期犹渺渺。不结同心人，空结同心草"这样的感叹了。

也许，到头来，爱你只是因为我想爱你，不论我爱得多深，付出多少，都是我自己一个人的事情，和你无关。

难得有心郎

羞日遮罗袖，愁春懒起妆。

易求无价宝，难得有心郎。

枕上潜垂泪，花间暗断肠。

自能窥宋玉，何必恨王昌？

——鱼玄机《寄李亿员外》

"易求无价宝，难得有心郎"，这两句诗流传得相当广，很多人都能背诵，却不知道它们出自谁的笔下。这首诗还有一个标题，叫赠邻女。据说是鱼玄机在做道士的时候，附近有一个姑娘失恋了，到鱼玄机那里痛哭流涕地哭诉失恋的痛苦，于是鱼玄机写了这首诗安慰她。但我个人怎么都觉得，这是寄给李亿的诗。

清朝的书生黄周星这样评价此诗："鱼老师可谓教猱升木，诱人犯法矣。罪过！罪过！"看到这样的评语，我恨不得上前给他几个耳光。人家鱼玄机是说，对待不爱自己的人，应该马上转身，不要再恋恋不舍。这是劝诫，哪里是什么诱人犯法呢？

这首诗写于何时？如果皇甫枚的《三水小牍》中关于绿翘一文可信的

196

话，此诗当作于咸通九年。据此推断，鱼玄机当时已经身在监狱中，等待着判决。

皇甫枚《三水小牍》中有一段关于温京兆的记载，判决鱼玄机死刑的温璋是一个心狠手辣的人物，更是一个草菅人命的贪官。最后由于被告到唐懿宗面前，懿宗下令要严格查办他，最终温璋饮鸩自杀。看来，鱼玄机很有可能是被冤枉的。

这个时候，这首诗寄给李亿，是可能性最大的。此时，已经把身外之事看透的鱼玄机，似乎也已经把爱情看透了。可是，我怎么都觉得，在这首诗当中，仍然还有一些她没有看透的东西。

她就要离开这个世界了，当她回首的时候，似乎在她的心里，只留下了最初的爱情。那是她最后的一点温情。就此看来，李亿，应该算是鱼玄机的初恋了。

席慕蓉说过：十六岁的花，只开一次。一生当中，初恋只有一次。初恋无疑是最为纯真、最为深情、最为投入的一次，在被李亿抛弃之后，也许鱼玄机就开始了游戏人间。

又有谁可以说，在自己的心中，已经完全抹去了初恋的痕迹？又有谁可以理直气壮地说，已经忘记了初恋时爱过的人？不，忘记是不可能的。这个人已经深入到我们的内心深处，变成了我们生命中深隐的一部分，无法抹去。

如今，已经到了快要死的地步，那些荣华富贵，此时不过是一阵轻风。而在她心底留下的，仍然是爱情。这首诗，我怎么读，都觉得是绝笔诗，是寄给李亿的最后的深情。鱼玄机是想说，我走到这个地步，仍然不会怨你、怪你。

一个女子的深情和痴，在这个时候，放射出的光芒是何等明亮。不过，她被很多男人忽略了。这种光芒，在当时，照不亮那个无情的世界。就算在此时，也不一定能照亮这渐渐冰冷的人心，这渐渐麻木的人性。

写到这里，我的心止不住地疼。难道，真的如同鱼玄机所说的那样："易求无价宝，难得有心郎"？这个世界的男人，到底怎么了？

张小娴好像说过，有很多男子是爱无能。他们根本不知道，什么才是爱。他们也根本不知道，对一个女子，该怎样爱。

"羞日遮罗袖，愁春懒起妆"，这是一个被抛弃的女子的自画像。被他抛弃后，她羞于在白天出门，总是用罗袖遮挡泪流满面的脸，不让别人看见。在春天的时候，也感觉不出任何温暖，而是愁苦难言，悲苦无尽，容颜也无心整理。一个被抛弃的女子的心理，就此鲜活地展现在我们的眼前，男子们啊，你们知道该如何安慰这样的一颗心吗？

我想，如果没有亲身经历，是不可能写得这么生动准确的。文学，本身就是一种自我的经历和情感的积淀。所以说，诗言情。诗，就是一个人的体验。所谓的体验，就是一个人的人生经历的浓缩和情感的积淀。

一个"羞"字写出了被弃女子心里的卑微。过去的女子，如果被休，会被很多人看不起，过去的男权社会里，一纸休书，就了结了一个女子的一生。

一个"愁"字写出了女子内心里的苦。这种苦，是无法用语言表达清楚的，甚至有的时候是无法倾诉。这样的"愁"是复杂的，是五味杂陈的无力。因为对于她们来说，已经没有可以期待的未来。

这两句，我读出了闺怨的味道。从古至今，闺怨的愁叹、思念和痛惜，一直感动着我。从《诗经》到《古乐府》，再到唐诗和宋词，闺中之人的思念、寂寞和孤独，凝结成无数血泪之歌，撼人心魄。

一个又一个寒冷的夜晚，在孤独、寂寞、思念、悲痛的时候，一个人又该如何痛苦地度过呢？这又是一种怎样的煎熬呢？

"易求无价宝，难得有心郎"，这两句可以这样意译：在这个世上，想得到有情意的男子，比得到那些无价的珍宝更加困难。这两句，是全诗中的警句。所谓的警句，就是全诗的重点部分，或最为出彩的地方。这是对薄幸男子的控诉。

我们来读一首无名氏的《望江南》："天上月，遥望似一团银。夜久更阑风渐紧，与奴吹散月边云，照见负心人。"

这首词，也是对那些薄幸男子的指责，算得上是对鱼玄机这两句诗的最好注解。两者都好像民歌一样朗朗上口、通俗易懂，都是愤愤不平的指责，都是一种真诚的情感，都是一种深情的怨。

真心爱过一个人，不可能不疼。这些文字，都有一种深深的无力。按照这首诗作者的想法，应该把这个薄幸而无情的男人大白于天下，让人们都看到他的负心。这样的想法，本身就是一种痴，一种深情的诠释。

过去的女子，男子写一纸休书，就可以把她们赶走。命运面前，她们无力把握，只能将无尽的悲痛留给自己。

鱼玄机这两句"易求无价宝，难得有心郎"，是她自己的亲身经历。所以，当我们读到的时候才分外感动。自古以来，薄幸、无情而负心的男人特别多，虽然他们多富有才华，但总是让我觉得不够完美。

元稹负了崔莺莺。李益负了霍小玉。司马相如负了卓文君。阮郁负了苏小小。陆游负了唐琬。赵明诚负了李清照。那个没有留下名字的男子负了朱淑真。还要举出多少例子来呢？

此时，那花前月下的缠绵，那缠绵时的海誓山盟，又去了哪里呢？对于鱼玄机来说，此时分明是绝望到了顶点。相爱易，厮守难。这话的意义，又有几个人可以明白？世上有很多可以共富贵的夫妻，但同患难的夫妻，又有多少？

曹雪芹似乎看透了这些，所以他在《好了歌》中这样写道："世人都晓神仙好，惟有功名忘不了！古今将相在何方？荒冢一堆草没了。世人都晓神仙好，只有金银忘不了！终朝只恨聚无多，及到多时眼闭了。世人都晓神仙好，只有娇妻忘不了！君生日日说恩情，君死又随人去了。世人都晓神仙好，只有儿孙忘不了！痴心父母古来多，孝顺儿女谁见了？"

俗话说，夫妻本是同林鸟，大难临头各自飞。其实，怪不得人情凉薄，只是现实太过残酷。也许，从这里去看，我们才能释然一些。

有情如何，无情又如何？有情就能厮守终生，无情就能怨恨一生？我看，都不过是一种痴而已，不过一场空虚的努力而已。所以，安妮宝贝才说：爱如捕风。

有谁能捕捉到风？李亿的心，对于鱼玄机来说，又何尝不是一场捕风？

"枕上潜垂泪，花间暗断肠"，这里写的，只是一种为情为爱所受的伤。"枕上潜垂泪"这句，鱼玄机写的应是过去的事情。也就是说，"枕上潜垂泪"这个句子，是过去式，是她回想起来的往事。

他把她抛弃了，她很是伤痛，于是，天天与孤独、寂寞、绝望和泪水相伴。仿佛，它们是她唯一的朋友。不过，在她成为伤口的时候，这些东西给她的并不是安慰，也不是温暖，而是一种被撕裂般的疼。记忆，永远是我们痛苦的根源。我们之所以会哭，会怀念，会疼，那是证明我们还记着，从来未曾遗忘。记得越深，伤得越重。

枕上潜垂泪。一个"潜"字，写活了一个被弃女子的心理。潜垂泪，

应该是偷偷地、暗暗地流泪的意思。这些泪水，是见不得人的。只能一个人躲在暗夜里，把自己的脸隐藏在枕头里面，伤心地哭，直到把枕头都湿透。

明天会如何？她并不知道。只是，如今心痛莫名，情感难言，风尘侵蚀，她站在悲痛和怀念的中间点上，无法决断。

当泪水从心里，从眼里，流出来，这些属于情感的芬芳，让一个人的夜晚变得如此漫长。心，是那么疼，那么痛；泪，是那么汹涌，那么澎湃；情，是那么悲伤，那么无助。有些歌，此时只能独自唱给自己听：一个人的寂寞，一个人的寂寞，是和他有关的纠缠。

花间暗断肠。这句可以和李白的"花间一壶酒，独酌无相亲"相媲美。她只是一个女子，平凡的不能再平凡的女子。平凡的女子，通常对爱有着更高的需求。况且，她所追求的，也和男人不同。有人说，男人追求的是肉体，女人追求的精神。

她在花间断肠。提到断肠，总是让人想到朱淑真。这个断肠的女子，那凄哀的泪眼，那深情而悲伤的歌声，总在我的心头萦绕。她在《生查子·元夕》中这样写道："去年元夜时，花市灯如昼。月上柳梢头，人约黄昏后。今年元夜时，月与灯依旧。不见去年人，泪湿春衫袖。"

让一个女子为之断肠的，一定是爱情，是无法再次拥有的爱情，是再也回不去的爱情。有一个女子说：人间亦有痴于我，岂独伤心是小青。是啊，红颜多薄命，又不是她一个人在伤心、在疼痛。

读这首诗的时候，不知道为什么，总是让我想到另一首诗："莫以今时宠，难忘旧时恩。看花满眼泪，不共楚王言。"这首诗，我不记得在哪里看到过另外一个版本，是"对花满眼泪"。其实，我个人觉得，对花满眼泪，比看花满眼泪，更加伤心。面对着花，满眼泪水，是花怜人，还是人在怜花？是花在疼，还是人在疼？

从"看花满眼泪"和"花间暗断肠"两句，可以看出花前的女子的伤心。一张无比美好的脸上，那晶莹闪亮的泪水，仿佛是天上的星辰，向我们闪耀着其中的哀伤。

真正的疼痛，又能说给谁听？也许，只能独自背负着，继续前行。此时，鱼玄机也只能这样。在回首的时候，回忆，只能给她这些。

"自能窥宋玉，何必恨王昌"句，谭正璧老人这样评论道："'自能窥宋玉，何必恨王昌？'，这是何等大胆而又爽快的主张啊！'易求无价宝，难得有心郎'，在女性的她的口中说出来，要愧杀一切意志游移、爱情不专的薄幸男性了。这是她的主张的出发点，因为男性爱情不专，喜新厌旧，所以她主张男子不爱我的时候，我也尽管去爱别人。正是对症发药，以怨报怨的公平手段。"

这两句其实是对那些沉迷于情、纠结于情不愿醒来的痴情女子的一声棒喝。如果很多失恋的人真能照鱼玄机说的那样做，那该有多好啊！

这两句诗可以这样意译：我自己可以去爱那才貌双全的宋玉，又何必非要怨恨那薄情的王昌呢？鱼玄机的言下之意是，不必一棵树上吊死，更不能为了一棵树而放弃整片森林。你都不爱我了，我还想你念你干什么？最近，我喜欢的女作家张小娴出了新书，名字叫《谢谢你离开我》，对于那些陷在失恋中不能自拔的人，我推荐大家看看张小娴的情感散文。就像金庸说的那样：感情的事情你不要问我，去问张小娴。是啊，张小娴也跟鱼玄机一样洞彻了爱情。

宋玉，战国楚人。这句"自能窥宋玉"典出宋玉的《登徒子好色赋》。宋玉在《登徒子好色赋》中这样写道："天下之佳人莫若楚国，楚国之丽

者莫若臣里，臣里之美者莫若臣东家之子。东家之子，增之一分则太长，减之一分则太短；著粉则太白，施朱则太赤。眉如翠羽，肌如白雪；腰如束素，齿如含贝。嫣然一笑，惑阳城，迷下蔡。然此女登墙窥臣三年，至今未许也。登徒子则不然：其妻蓬头挛耳，龃唇历齿，旁行踽偻，又疥且痔。登徒子悦之，使有五子。王孰察之，谁为好色者矣。"

"何必恨王昌"，这句背后，充斥着对男子薄幸无情的谴责。虽然鱼玄机说这话的时候，有一种淡然的态度，但这些文字背后，其实隐藏了一种仍然在乎的深情。有人说她很大度，在写这句的时候，她已经对爱不在乎了。但我觉得不是，这句写出来的，只是一种无力。因为，她已经无力改变什么。

到底谁是王昌？《襄阳耆旧传》载："王昌，字公伯，为东平相，散骑常侍，早卒。其妻乃任城王曹子文女。"或谓此即"东家王昌"，然阎若璩《潜丘札记》卷五《与戴唐器书》、赵殿成《王右承集笺注》卷九、冯诰《玉溪生诗注》卷三皆谓"东家王昌"决非《襄阳耆旧传》之王昌。看来，王昌有两个人：一是美男子，或女子的意中人；二是薄幸无情的人。

不过，鱼玄机诗里的人，一定是一个薄幸无情的人。这里的王昌，不过是李亿的代指。所以我始终觉得，这首诗是写给李亿的。这句只是对李亿说：你放心，我决不会恨你，怨你。

一个女子活到这个地步，还有什么值得怨恨的呢？爱过，且用心真正地爱过，不管结局如何，她都抱着无怨无悔的态度。再回首的时候，物是人非，再也回不去了。

雪小禅有一句话说得很好："因为我明白，有些光阴只适合在那一段里，过了就是过去了，没必要总是不间断地复习。青春里的人，有些是难忘的，有些是必须快速忘记的。所以，我感谢自己有这样稍显凛冽

的性格。……多好的曾经，也只是曾经，不断地复述，最后就成了甘蔗的渣子。……"

有一个痛苦的诗人曾经说：干脆忘掉她吧。忘掉，忘掉，又何尝不是一种铭记？

亲爱的，岁月流逝，只是，我仍然没有忘记你。

忆君心似西江水

枫叶千枝复万枝，江桥掩映暮帆迟。

忆君心似西江水，日夜东流无歇时。

——鱼玄机《江陵愁望寄子安》

这首诗，应当是鱼玄机决定暂时居住在江陵时写给李亿的。

这首诗写作的时间，估计是八月十五前后。因为，我从这首诗中触到了渐渐厚重的凉意。一个"愁"字写出的，只是她自己那一往情深的念，以及她心里等不到归期的疼。那"愁"望的眼睛，充满了泪水的柔软，这是悲痛的凝结，满是无法到达的思念。

那些秋风吹凉的旋律，清冷地谱写着一首独特而忧伤的歌。这首歌其实是深沉地思念着，却无法飞到他身边的绝望。悲痛在这个时候，总是不请自来。为爱背井离乡的鱼玄机，也许不会明白，为什么她质朴的愿望，无法得到成全。但这些为爱流落的时光，必将成为她生命中最为深情的一笔。那颗心灵漂泊在尘世中的疲倦，会是她今生一种必要的担当吗？

时光从她的指尖，一如她的泪水一点一点地掉下来，慢慢地消失。此时，那闺房里的一切都充满了孤独。这个时候，鱼玄机很像纳兰容若词中写的那样："昏鸦尽，小立恨因谁？急雪乍翻香阁絮，轻风吹到胆瓶梅。心字已成灰。"

在纳兰容若这首词中，那个女子忧伤的身影，隐隐浮现。为什么，这个女子就不是鱼玄机呢？房间里的心字香料，已经燃尽了，只剩下一地的灰烬，冰凉得让人受不了。这心字香燃成的灰烬，又何尝不是她内心被思念燃烧的灰烬呢？

"心字已成灰"，一语双关。从表面上看，可以是说香料燃成灰烬，也可以是说心已经成灰。鱼玄机的心也已化成了灰烬。李亿没有前来看她、和她相会，给她温存和安慰，所以，她整个人百无聊赖，对什么都不感兴趣，也提不起精神。此时，她的心，只是一味地沉溺于对往事的怀想，奋力抵御着现实当中越来越深的忧伤。

窗外的一切，都让她觉得寂寞。那记在心里的人，那心里念念不忘的脸庞，那在自己嘴边常常念着的名字，仿佛已经变成了一把刀子，插入她灵魂的深处。有一种无法言说的疼，哽咽在她的心灵深处，记取前所未有的寂寞和失落。

思念是一种煎熬，也是一种柔软的病。此时的鱼玄机，病得不轻。

她仍然带着希望，一步一步地向忧伤跋涉。纵然她的心已经深入到一种虚无当中，她仍然一如既往地钟情于那个初恋的男子。纳兰容若说得好：人生若只如初见。是啊，那颗早已离开肉体的心，一直站在距离之外，张望着那个人的来途。

"枫叶千枝复万枝，江桥掩映暮帆迟。"

读到枫叶句，我总是会想到杜牧。杜牧在《山行》中这样写道："远上寒山石径斜，白云生处有人家。停车坐爱枫林晚，霜叶红于二月花。"

　　枫叶，一直是秋的代号。但，枫叶有的时候，也是爱情的一种隐指。有一首唐诗叫《题红叶》，是这样写的："流水何太急，深宫尽日闲。殷勤谢红叶，好去到人间。"

　　枫叶成片地燃烧在她的眼里，这是一种怎样的疼，如今，我们已经无法详细地描写出来。青春隐隐地在这些枫叶之上燃烧，女为悦己者容，可是如今，她又为了谁呢？那已经被浓浓的秋霜染红的枫叶，多像一个人的泪眼一样灿烂。该给的已经给了，该空的已经空了，该碎的也已碎了，没有回头路。

　　映入眼帘的是一片红，像一个人为爱流出的血，给她的心再添悲凉。从此处，我看到鱼玄机骨子里微微的疼，和心里一直在凝结的小小的怨。这沉默无言的伤，其实是对再次相见的渴望，她无法掌控的思念，留给她的只是再也无法得到的幸福和眷顾。

　　那些千枝万枝的枫叶，在江边彼此衬托着一种伤感的颜色，因为，她心里所等的人，一直没有来。我个人觉得"暮帆"应该就是李亿的代指。在鱼玄机心里，她一直是有怨的，一个"迟"字，泄露了她心里的情感痕迹。梦想和企盼已经成空，现实是她和他，始终是花落人亡两不知。

　　这首诗，不过是她内心的一种悼念。爱他的代价，只不过是一种声势浩大的孤独，也是一种有需要的绝望。这时，时光越来越慢，已经到了让她无法承受的地步，有些思念是不可思议的绝望。漫长的等待，早已将她深深地刺伤，将她彻底地掏空。

　　我读这首诗，总是觉得鱼玄机太过痴情。因为痴情，所以她变得孤独和虚弱。此时，作为一个正值芳龄的女子，有谁可以告诉她，她活着为谁？她又为谁暗暗落泪？那个人又是否能懂得她的心，知道她的深情？她孤独而寂寞的身体有谁来温暖？她那疲倦而憔悴的灵魂，又有谁可以轻轻地用

207

自己的体温焐暖？

"忆君心似西江水，日夜东流无歇时"，这两句写的是那涌动不息的思念，那无法遏制的深情。当我读到"忆君心似西江水"时，总是会想到晏小山。小山在《少年游》中这样写道："离多最是，东西流水，终解两相逢。浅情终似，行云无定，犹到梦魂中。　可怜人意，薄于云水，佳会更难重。细想从来，断肠多处，不与今番同。"

这是正值芳龄的鱼玄机需要迈过的一道坎。这将是她独自度过的寒冷。因为，她的心里那些一如初见的思念，从没有熄灭过。面对那些孤独和煎熬，她从来没有停止对他的追寻。她的忍耐，面对此时的境况，早已不具备任何的价值和意义。只是，我仍然不忍心将这句话对她说出来。

他仍然是她的因果，她的宿命，她的牵念。他路过的时候，她用自己的心，那么认真地付出，那么努力地爱恋。只是无法和他的内心连接和契合，她无法将自己嵌刻在他的心上。如今，她为了成全爱，只有默默地忍受着因距离带来的伤痛。

这两句诗，鱼玄机将她的思念清晰地勾画了出来，将她一往情深的情推到了极致。让我们看见，那在秋风当中，黯黯落泪的容颜，让人有一种心痛的美。读了这些诗句，让我如同身临其境般地伤感起来。那种一览无余的情意，个中冷暖，唯心自知。

此时，她的内心是忧伤的，这种忧伤，其实是等待的绝望。"日夜东流无歇时"这句，总是会让人想到李煜。他在《虞美人》中这样写道："春花秋月何时了，往事知多少？小楼昨夜又东风，故国不堪回首月明中。雕栏玉砌应犹在，只是朱颜改。问君能有几多愁？恰似一江春水向东流。"

东流之水，无法回头。思念，以及因思念而生的愁绪，是流不尽的。

也许，一切的一切，都只能像秦观在《江城子》中所写的那样："……便做春江都是泪，流不尽，许多愁。"

便做春江都是泪，流不尽，许多愁。不过是一种闺怨。李清照在《武陵春》中也这样怨过："风住尘香花已尽，日晚倦梳头。物是人非事事休，欲语泪先流。　闻说双溪春尚好，也拟泛轻舟。只恐双溪舴艋舟，载不动许多愁。"我想李清照此时的情感，很适合来解读鱼玄机的情感世界，她们两个都一样失去了自己心爱的男人，不同的是，一个是永远地失去，一个是正在步向永远失去的路途之中。

这句"日夜东流无歇时"，也许可以用一首无名氏的《菩萨蛮》来意译。这首《菩萨蛮》这样写道："枕前发尽千般愿，要休且待青山烂。水面上秤锤浮，直待黄河彻底枯。白日参辰现，北斗回南面。休即未能休，且待三更见日头。"古乐府诗中有一首《上邪》也很好："上邪！我欲与君相知，长命无绝衰。山无陵，江水为竭，冬雷震震，夏雨雪，天地合，乃敢与君绝！"

其实，不管"日夜东流无歇时"，还是"要休且待青山烂"，更或是"天地合，乃敢与君绝"，在我看来，不过都是一种态度，是一种心里对爱的坚持。这是一个需要爱的女子，有着让人为她心疼的芬芳。生命总是在一滴一滴泪水中变得越来越薄，而那颗心，总是在滴滴的清泪中变得柔软、清澈而晶莹。

时光此时已经成了一种煎熬和折磨，她的心被一点一点地割疼。她的坚持，已经在光阴里被磨成了灰尘，随风轻扬。这首诗，其实只是一个女子，含着泪在风中悄然而深情的凝望。

此时的鱼玄机，让我想到了雪小禅的一段话。雪小禅这样说："这是漫漫人生的不悔，把自己全权交付，从此后，我所有的快和乐，疼与悲，与你紧紧地联系在一起。我想，这样的不悔，才真的是那让人疼惜的不悔。"

此时，她就是那只飞到中途被折断翅膀的鸟。一声哀鸣之后，只有这些诗，替她呻吟。

入骨相思知不知

（一）

一尺深红胜曲尘，天生旧物不如新。

合欢桃核终堪恨，里许元来别有人。

（二）

井底点灯深烛伊，共郎长行莫围棋。

玲珑骰子安红豆，入骨相思知不知？

——温庭筠《新添声杨柳枝词》

温庭筠，字飞卿，约生于 812 年，卒于 866 年。才思敏捷，但却屡试不第。他和李商隐齐名，号称"温李"，又称"温八叉"。

温庭筠虽然写得一手好词，但为人却放荡不羁。甚至有很多人认为，他跟李亿的妾——那个著名的才女兼女道士鱼玄机有过剪不断理还乱的香艳关系。

鱼玄机，字幼薇。她曾经写过一首《冬夜寄温飞卿》，这首诗是这样写的："苦思搜诗灯下吟，不眠长夜怕寒衾。满庭木叶愁风起，透幌纱窗惜月沉。疏散未闲终遂愿，盛衰空见本来心。幽栖莫定梧桐处，暮雀啾啾空绕林。"

有很多人从这首诗认定她和温庭筠有关系。其实，我们要知道，鱼玄机的老公李亿曾经和温庭筠同年进士及第，且她认识温庭筠时，已经嫁给李亿，如果单纯从这首诗就断定他们俩有香艳的关系，真的是污辱了古人。

鱼玄机的这首诗，其实是向温庭筠倾诉衷肠。她是在跟温庭筠诉她被李亿抛弃后的痛苦，哪里有半点香艳的剪不断理还乱的关系？

而温庭筠这两首诗写的是那种入骨的相思。相思刻骨，爱情在我看来，其实就是一场艰苦的磨炼。尘埃最终要掩埋一切的爱恨情仇。

最不堪思量的，却是人生苦短，春梦无痕。

"一尺深红胜曲尘，天生旧物不如新"，这两句明显是借景抒情。"一尺深红"，应该指的是荷花。"曲尘"，按字义理解是酒曲上所生的细菌，因其颜色淡黄如尘，故名。这里指的是柳叶。

一朵出水荷花，像少女一样，所以，她肯定比已经枯黄的柳树叶子要美丽很多。

"天生旧物不如新"，读到这句，我总是会想到窦玄的妻子。窦玄本来是一个穷书生，和妻子婚后很是恩爱。窦玄才貌出众，后来，皇帝看中了他，硬要逼着他把自己的妻子休掉，然后把公主嫁给他。当时窦玄脑子里估计想的也是荣华富贵，所以，就把妻子休掉了。

妻子知道后，寄了一封书信给他，信是这样写的："妾日以远，彼日以亲。衣不厌新，人不厌故。悲不可忍，怨不可去。"后来，她又写了一首四言诗，名曰《古怨歌》："茕茕白兔，东走西顾。衣不如新，人不如故。"用来斥责窦玄的变心。

"天生旧物不如新"句，从字面理解是描写外在的景物，即那衰败的

柳枝不如新鲜的荷花那般美好，但这里不过是移情的写法。

这句其实就是"由来只见新人笑，有谁见得旧人哭"的另外一种写法而已。说来说去，人都是喜新厌旧的吧。所以，晏小山才感叹"自古人意，薄于云水"。这是一种咫尺即天涯的无奈。

千寻往事都沉在时间的深底，春花秋叶，不过是尘世之上转眼即逝的风景。要我们记得，曾经的繁华，都是过眼云烟。

有些花朵，开着开着就落了；有些人，走着走着就散了；有些手，牵着牵着就凉了。曾经的温存，却是如今的彻骨薄凉。

尘世是如此荒凉，缠绵悱恻也不过是百转千回过后的回忆。

"合欢桃核终堪恨，里许元来别有人"，这两句是抒情。"合欢"，原是植物名称，这里取两两相合之意，比喻夫妻恩爱。"合欢桃核"，说的是桃核是由两半合成的。

有人认为这里的"合欢桃核"是两个彼此相爱的人送给对方的礼物，这样的解释也是可以的。但我认为，这样的解释太过于从字面理解了。我宁愿相信它指的是两个人从前的恩爱时光。

"合欢桃核终堪恨"这句，是对过去美好时光的留恋。就像纳兰说的那样：只道当时是寻常。过去看似平淡的东西，如今却觉得那么难寻。从前的恩爱时光，如今只能让人徒生悲恨，因为，人心已变，折转了方向。

"里许元来别有人"，是对上句做出的解释，也是自己和自己的纠结。"里许"，里面。"人"，是"仁"的谐音。"元"，原来。为什么"合欢桃核终堪恨"呢？是因为这个人心里有了别人，变了心。

原来，在他心里不知不觉中，已经住进了另外一个人。就像刘禹锡《竹枝词》里写的："山桃红花满上头，蜀江春水拍山流。花红易衰似郎意，水流无限似侬愁。"花红易衰，似郎改变了初心，水流无限，却是我的无尽之愁。

"井底点灯深烛伊，共郎长行莫围棋。玲珑骰子安红豆，入骨相思知不知"，这首诗，写的是对自己所爱之人的思念。

"井底点灯"这句，到底是什么意思呢？难道是强调不论如何她都用心为他点亮一盏灯吗？难道"井底"指的是心底吗？这个"井底"，估计指的是像井的形状的东西。一心如井，看似平常，实则幽深。在心底为他点亮一盏灯，围住的都是思念和守候。

"深烛伊"，从字面理解是深照着他的意思，但这里"烛"明显是"嘱"，即嘱咐或吩咐的意思。一灯如豆，虽然微弱，却固执地为你亮着。这才是烟火人间、微凉红尘之上的一缕温暖。

"共郎长行莫围棋"，这句仍然是嘱托。"长行"，即长行局，古时的一种博戏，在唐代尤为盛行。李肇在《唐国史补》上这样记载："今之博戏，有长行最甚。其具有局有子，子有黄黑各十五，掷采之骰有二。其法生于握槊，变于双陆。"

"共郎长行"，是"执子之手，与子偕老"的意思。也有专家认为是私奔之意。"围棋"，应该是"违期"的谐音。

这句从字面理解，应该是这个意思：让我和你一起玩长行局这样的博戏，而不要去下围棋。暗含的意思是：我想和你白头到老，只是你不要违期，要快点回到我身边！

其实，似水流年，让理想和现实之间，总是充满了无数的碰撞和距离。风吹花落，如雪如羽，而一颗心的流浪到底要到哪里才算是终点？

在这个世界上，最大的变数当是一个人的心了。那被辜负的心，也不过是情深缘浅当中，一次带着情殇的孤独旅程。

"井底点灯深烛伊，共郎长行莫围棋"，这两句，其实是一个女子对男子心意的无法确知的无力。

"玲珑骰子安红豆，入骨相思知不知"，这两句写的是思念。"玲珑骰子"，指的是晶莹漂亮的骰子。骰子上面点了红点，所以，有点像红豆。

"红豆"，一种植物，自从被王维写入唐诗之后，这种植物就成为相思的代名词。用骰子被刻上似红豆的红点，来比喻入骨相思，鲜活而生动。

这句"入骨相思知不知"，写的是相思之深。相思到底有多深？有多难过？相思之时，会让我们觉得有多寂寞和孤独？问这些问题的时候，总是让我想到元曲家徐再思的一首小曲："平生不会相思，才会相思，便害相思。身似浮云，心如飞絮，气若游丝。空一缕余香在此，盼千金游子何之。证候来时，正是何时？灯半昏时，月半明时。"

相思虽然不算是病，但有时比病更难医治。而深刻于心的思念，也许只能用一生一世的形影不离才能慰藉。只是，这样深入的美好，在这个世间已算是另类的存在，遗世独立了的纯净，不复得焉。

在荒芜世间，两个人在人生之河里，就像两条鱼，也许会偶尔游到一起，但冷暖，只有我们自己才能知道。所以说，这句入骨相思知不知，明显是质问。我对你的入骨相思，你怎么就无法明白呢？

痴情的人，最终常常不会得到满意的答案！

似此星辰非昨夜

几回花下坐吹箫，银汉红墙入望遥。

似此星辰非昨夜，为谁风露立中宵？

缠绵思尽抽残茧，宛转心伤剥后蕉。

三五年时三五月，可怜杯酒不曾消。

——黄景仁《绮怀》

对于多数人来说，黄景仁是一个陌生的名字。其实，在晚清、民国之时，曾经掀起过一阵读黄景仁诗的热潮。也许，很多人会问，黄景仁到底是何许人也？今天，就让我们一起来认识这个清朝第一大诗人。黄景仁，字仲则，又字汉镛，自号鹿菲子，江苏武进（常州）人，自称黄庭坚后裔。天才亮特，少有盛名，可惜他也陷入了一种命运，那就是"才高命薄，情深不寿"。

黄景仁一生流落江湖，穷困潦倒，未能在官场上风生水起。为了生活，他一直奔波于各地，年仅三十五岁便客死异乡。著有《两当轩全集》，为后世所重。清包世臣在《齐民四术》中这样评价他："仲则先生性言豪宕，不拘小节，既博通载籍，慨然有用世之志，而见时流龌龊猥琐，辄使酒恣

216

声色，讥笑讪悔，一发于诗。而诗顾深稳，读者虽叹赏而不详其意之所属。声称噪一时，乾隆六十年间，论诗者推为第一。"

更有专家这样评价他："仲则之诗多抒发个人穷愁潦倒、侘傺不遇的愤慨以及对社会方正倒植、谄谀得志的不平之情，曲折反映了社会的阴暗面，这在文网高张的乾隆盛世不啻为横破夜天的变徵之音。故此纵观关于黄仲则的研究，则多围于《都门秋思》《圈虎行》等反映社会现实的诗篇。"

其实，我个人更喜欢他有关爱情的诗作。这十六首命名为《绮怀》的诗，大概作于乾隆四十年冬。这个时候，黄景仁为了生活北上入京。这段时间，其实是他最为无力和迷茫的时候。仕途坎坷，让他心情抑郁，于是敏感的他拿起笔，对自己失去的表妹，以及那段美好的生活做了一次深沉的回顾。在这些诗中，我们可以看到唐代大诗人李商隐清丽而又忧伤的影子。

对于诗歌而言，我很喜欢袁枚的"性灵说"。对于写诗的态度，我个人尤喜袁枚在《随园诗话》中的一段话："最爱周栎园之论诗曰：'诗，以言我之情也，故我欲为则为之，我不欲为则不为。'原未尝有人勉强之，督责之，而使之必为计也……"

在袁枚看来，性情包含着真情，只有通过人真实的感情表达才能写出好诗。诗人唯有具备真情才能产生创作冲动："情至不能已，氤氲化作诗"，"人之诗文，先取真意"，诗作为抒情的艺术自然应该"自写性情"。所以，《本事诗》一书，把"情感"列为第一。而黄景仁的这十六首《绮怀》诗，情感真挚，句句出自肺腑，感人至深。

最早看到这首诗的时候，应该是在十五六岁时，那时我喜欢读武侠小说。我一直很喜欢梁羽生的武侠作品。如果我没记错的话，梁羽生在《冰川天女传》这本书中用到过"似此星辰非昨夜，为谁风露立中宵"这两句诗。

黄景仁年轻时曾和自己的表妹两情相悦，但故事有一个温馨的开始，却有个悲凄异常的结局。正因如此，在《绮怀》之中，笼罩着无尽的感伤。这种感伤，被那种无法排解的甜蜜回忆和苦涩的现实纠缠着，使得诗人一步步地陷入绝望中。这十六首《绮怀》，其实不过是他的回忆，以及那无法再次亲近所爱之人的疼。

通读这首诗，时间回溯到黄景仁十五岁的时候。那个时候，两个青年男女一见钟情了，那些青梅竹马的生活，深深嵌刻在黄景仁的心里。

黄景仁的心里充满了对过去那些美好时光的留恋和不舍，又因为过于留恋和不舍，心生疼痛。对于这种感受，我想席慕蓉应该感同身受，她说："在长长的一生里，为什么/欢乐总是乍现就凋落/走得最急的都是最美的时光。"

"几回花下坐吹箫，银汉红墙入望遥。似此星辰非昨夜，为谁风露立中宵。"

这段，写得缠绵悱恻，却又刻骨铭心。从起句就可以知道，这首诗是回忆。曾经，有明月相伴，有一个美丽的女子相伴，在花下吹箫，这是多么香艳、多么旖旎、多么温存而缠绵悱恻的事情啊！

"几回花下坐吹箫，银汉红墙入望遥"这两句，可以这样意译：我们十五岁的时候，有花前月下的缠绵和快乐，如今只剩下遥遥相望的泪眼。"几回"，其实是在强调，他们俩在一起快乐的日子是很多的。

"花下坐吹箫"的人到底是谁？我一直在自己的脑海中问着这个问题。

黄景仁是一个才子，那么对于音律肯定是懂的。但我常常觉得，这"坐吹箫"的不是一个人，而是两个人。黄景仁的表妹在我看来，肯定也是通音律和诗词的。如果从这点考虑，那么这"坐吹箫"，就有以下两种可能：一是黄景仁吹箫，表妹歌唱；二是两个人的合奏。不管是怎样的方式，其中都充满了缠绵悱恻的温存。"琴瑟在御，莫不静好。"在中国文人的心灵深处，一直有这样的渴望。

金圣叹说："读《西厢》，必焚香读之，必对花读之，必与美人并坐读之。"这里，并不是只有一部《西厢记》才可和美女一起读之，而是很多书都可以。在读书人的心里，谁不想遇到席佩兰这样的女子？谁又不想和《浮生六记》中的陈芸一起夜里读书，一起享受生活？谁又不想遇到"妾此身如江水东下，断不复返吴门"的董小宛？所以，陈继儒在《小窗幽记》一书中这样写道："若无花月美人，不愿生此世间。"

其实，黄景仁还是幸运的。因为此时，有一个女子愿意倾尽自己的所有，陪着他读书。"银汉"，就是"银河"。一提到这个，肯定就跟牛郎和织女有关，和相思有关。

"红墙"，有人把它解释为红色的墙，可我觉得这样的解释过于从字面上理解了，在我看来，应该解释为富贵之家。"红色"，也就是"朱色"，在古代，皇族或贵族家里的门和墙都是朱色的。

这里的"银汉"和"红墙"，不过强调的是两个人如今的距离。在这首诗中，其实有唐朝"情歌王子"李商隐清丽而忧伤的影子。李商隐在《代应》一诗中这样写道："本来银汉是红墙，隔得卢家白玉堂。谁与王昌报消息，尽知三十六鸳鸯？"让我们看看专家是怎么解释这首诗的，这对我们理解黄景仁的这两句诗会有帮助。郑在瀛教授这样解释前面两句："一二句谓己如白玉堂中之莫愁女子，既为卢家之妇，也就失去了自由，虽与所思之人仅一墙之隔，但如同遥隔河汉，见一面是非常困难的。"

在这里，请一定要注意一些词语，如"莫愁女子""卢家之妇""失去了自由""一墙之隔，如同遥隔河汉"。如果说诗词讲究的是传承的话，那么黄景仁写这首诗时，他的表妹，应当也是"卢家之妇"，成了别人的妻子，失去了自由，两个人中间隔着距离，一如那澎湃而汹涌的江水，无法横渡。

对于黄景仁和他的表妹，我的好友曲宏波这样写道："表兄去世，表妹家里愈发穷困潦倒，就在仲则离开始母家开始漂泊生涯之后，表妹被卖到杭州观察使潘恂府上做了歌姬。后来表妹被潘恂强逼为妾不成，竟被卖给了一个重利轻离的盐商，远嫁他乡。宋词先生在书中安排了仲则杭州探妹，在表妹远嫁前后写下《感旧》前四首的情节，这也大体和事实相符。在仲则的四首《感旧》之中，我们可以读出诗人对那份真挚的感情的记忆，能够读得出诗人心中所有的无奈。……而仲则在表妹嫁后数年，两人在湖州一度意外重逢，不过是在表妹为孩子操办的满月酒席里。仲则固然心潮澎湃却已经无可奈何，表妹尽管同样保持着昔日的娇憨，但是再见仲则，又何尝不是愁思百结伤痛不已？相顾无言，只有震惊和伤痛，任他泪下千行——据说表妹和仲则一样，都是肺病缠身，此次相见后不久，也因病撒手人寰。"

又是悲剧啊！

"似此星辰非昨夜，为谁风露立中宵"这两句，是本人甚是欣赏的。在我看来，这是爱情诗的极致。"似此星辰非昨夜"这句，在我看来，应该是从李商隐那首《无题》"昨夜星辰昨夜风"化用而来。李商隐的意思是想告诉我们，星辰仍然是当初照着两人缠绵悱恻时的星辰，但黄景仁的

意思却与之不大相同,黄景仁的意思是:这样的星辰,却不是昨夜的星辰了,这里有物是人非之叹。

像这样明亮的星辰,已经不是昨夜的了。这里的"昨夜",在我看来并不是真的就是昨天夜里,而是从前,是黄景仁记忆中的美好。像这样明亮的星辰,已经不是曾经的星辰了,而我深夜站在风露之中,又为了谁而暗暗心痛呢?这句"为谁风露立中宵"当中,颇有我思念情人、情人并不知道的意思。

昨夜的星辰照着那个曲线玲珑的身影,照着吹箫的浪漫往事,照着缠绵悱恻的爱情,这一切,都已成过去。而如今的星辰,照着两个伤心人。其实,黄景仁此时是清醒的,因为清醒,所以寂寞。枕边梦去心亦去,醒后梦还心不还。天若有情天亦老,遥遥幽恨难禁,惆怅旧欢如梦,觉来无处追寻。

在这两句中,所有的温暖,似乎已经消失殆尽,只剩下一缕缕怀念和不舍,在心尖上独舞着。此时,只有一个孤独的人,望着一轮孤独的月亮,对影成三人。此时,如果我们用心去看,我们就会看见这个身影布满了风尘和忧伤。青衣如灯,在暗夜里燃烧着,怀念是其中汹涌不息的灯油。

此时的黄景仁,可以用他自己的诗来诠释:"千家笑语漏迟迟,忧患潜从物外知。悄立市桥人不识,一星如月看多时。"他这种望月的姿势,其实就是一种思念的姿势。一个人站在庭院中,站到深夜,他的心里明明灭灭着过去的一切。那时,两人在花前月下的缠绵,已经凝成一条条绳子,拴他在十五岁上。

一个诗人这样写过:"我独自一个人站在月下,望着你的远方/我的心成了一条条线/把自己的心缝成忧伤/此时,他站在月亮下的身影,孤独了多久/只有,那一轮残缺不全的月亮知道。"是的,这个世界上的一切都无法动，动的，只有诗人自己的心。那寒露打湿了诗人的身体，更打湿了他的心。

为什么在爱情当中会觉得痛苦呢？那也许是因为，"爱情几乎是一种无法达到的体验。爱情是选择，或许是对我们命运的自由选择，是对我们人类最为隐秘和命中注定的秘密的突然发现。但是爱情的自由选择在我们的社会却无法实现。爱情引导我们挖掘内心世界，与此同时又带领我们离开自我去实现另外一个自我：死亡和重生，孤独和心灵相通。孤独的情感，是对我们从那里来的身体的怀念，是对空间的怀念"。

黄景仁在《秋夕》中这样写道："桂堂寂寂漏声迟，一种秋怀两地知。羡尔女牛逢隔岁，为谁风露立多时。"在我看来，这首诗，也是写给他表妹的。从这些诗句中我们得知，他一直在等待着表妹来赴约，可是，表妹在婚后已经无法和他再续前缘，任他自己相思成灾。

"缠绵思尽抽残茧，宛转心伤剥后蕉。三五年时三五月，可怜杯酒不曾消。"

这段写得最为伤悲。"缠绵思尽抽残茧"这句，我本人觉得，取意于李商隐《无题》诗中"春蚕到死丝方尽，蜡炬成灰泪始干"句。不过在这里，在表达情感方面，黄景仁的这句有"青出于蓝而胜于蓝"之妙。蚕吐出了自己腹中的丝，一层一层地将自己包裹，而站在月光之下，被寒露浸湿思念的黄景仁，又何尝不是一只春蚕，用思念一次次地将自己包裹在回忆当中？

"丝"，即"思"。春蚕到死，丝才会尽。在这里，黄景仁和李商隐一样，也都是以此暗指对自己所爱之人的思念。如果他们停止思念，只有一个可能，那就是他们没有了呼吸。

　　思念，说白了，就是有一颗心不在了，被别人带走了。思念到底是什么滋味？我想，没有强烈思念过一个人的人，我怎么说，他也是不会明白的。因为思念的滋味，铭心刻骨，在我们自己的心里，看似波澜不惊，却又汹涌如潮。"残茧"，不过就是黄景仁此时对自己的一种比喻。此时，被思念抽尽的他，已经是残缺不全的了。因为，表妹不在他的身边，且两人永远不可能像过去一样生活，也不可能"几回花下坐吹箫"般地恩爱缠绵了。

　　"宛转心伤剥后蕉"这句，是全首诗中最为绝望、最为心痛的句子。这是一颗已经伤痕累累的心，在向我们不停地倾诉，用力地倾诉，只是要我们懂得，那是一颗怎样深爱的心啊，布满了无限的深情和蜜意，只是渴望得到哪怕一丁点的回应。可惜，隔着时空，隔着遥远的距离，表妹没有任何回应。而此时，我们也不能。

　　上句，是写一颗心被思念一层一层包裹，而这句却是相反的动作：剥开，一层一层剥开，而剥的那个人，早已泪流满面。没有经历过失去所爱之人的痛苦，怎么可能明白，那种心被一层一层剥离的悲痛？此时的黄景仁，通过文字，一层一层把他自己的心剥给我们看，花瓣落后，却自有果实：永远的绝望，永远的怀念和遗憾。

　　芭蕉，常常与孤独忧愁，特别是离愁别绪相联系。南方有丝竹乐《雨打芭蕉》，表达的是凄凉之情。吴文英在《唐多令》一词中这样写道："何处合成愁？离人心上秋。纵芭蕉、不雨也飕飕。"

　　"三五年时三五月，可怜杯酒不曾消"这两句，和首两句相互呼应。"三五"，即十五岁。过去的女子，十五岁就已经算成年人了，被称为"及笄"。这个时候，要举行成人仪式，把自己下垂的头发挽在头上，插上簪子，以示成年。黄景仁的表妹，据说只是中等姿色，但从"情人眼里出西施"这条原则出发，她无疑是黄景仁眼里美丽的姑娘。

在修改这些文字的时候，一直在看余怀的回忆录《板桥杂记》。余怀在《板桥杂记》中这样说："初破瓜者，谓之梳拢；已成人者，谓之上头。"在这本书中是这样注释的："拆瓜字为二八，故破瓜者为十六岁。'及笄'又名上头。《唐音癸签》这样记载：'今世女子初笄曰上头。花蕊夫人词："年初十五最风流，新赐云鬟使上头。"'"

"三五月"，说的应该是阴历十五的月亮。从古乐府诗开始，这"三五"的月亮，都是和情人的约会有关。过去，在花前月下的时候，黄景仁一定过着和宋朝伤心人晏小山一样的生活："彩袖殷勤捧玉钟，当年拼却醉颜红。舞低杨柳楼心月，歌尽桃花扇底风。　从别后，忆相逢，几回魂梦与君同。今宵剩把银釭照，犹恐相逢是梦中。"

黄景仁的表妹，此时，一定和晏小山心爱的那个女子一样，挥舞着美丽的彩袖，手捧着玉钟，一次次地为他斟酒，劝他喝下。这个时候，这个女子的所有深情蜜意，风情万种，可能都在这个举动之上。如此良辰美景，不饮待何？过去的酒，回味悠长而甜美，可是如今回想起来，却是无比的苦涩和绝望，且这种绝望是永远无法消除的。

如今的绝望和愁绪，已经不是酒可以消除的，也许，此时的黄景仁和李清照可以隔着时空对话，并相互抚慰。李清照在《一剪梅》中这样写道："红藕香残玉簟秋，轻解罗裳，独上兰舟。云中谁寄锦书来？雁字回时，月满西楼。　花自飘零水自流。一种相思，两处闲愁。此情无计可消除。才下眉头，却上心头。"

是啊，这"可怜杯酒不曾消"，不过就是"此情无计可消除。才下眉头，却上心头"的另外一种表达。所以李白说：抽刀断水水更流，举杯消

愁愁更愁。是啊，真的就如同李煜说的那样：问君能有几多愁，恰似一江春水向东流。法国著名诗人缪塞说："最美丽的诗歌也是最绝望的诗歌，有些不朽的篇章是纯粹的眼泪。"

东流之水，一去不返。

此生无分了相思

桂堂寂寂漏声迟，一种秋怀两地知。

羡尔女牛逢隔岁，为谁风露立多时。

心如莲子常含苦，愁似春蚕未断丝。

判逐幽兰共颓化，此生无分了相思。

——黄景仁《秋夕》

这首爱情诗，相传是诗人是写给他的表妹的，所表达的情感和前面我们讲过的《绮怀》相似，不过就是些两心相念，但却无法执子之手的绝望。这不能不说是内心的一种煎熬。人生最让人感到绝望的就是，让两个有缘无分的人，遇到后耗尽心血相爱一场，随后又形同陌路。

从这首诗的标题来看，应该写于七夕。在古代，七夕是一个非常热闹的节日，那些养在深闺人未识的少女们在这一天可以出门游玩，所以，很多爱情都是发生在这个夜晚。著名的"古之伤心人"晏小山写道："斗草阶前初见，穿针楼上曾逢。罗裙香露玉钗风。靓妆眉沁绿，羞脸粉生红。"小山在七夕的夜晚遇到了他一见钟情的姑娘。

自古以来，写七夕的诗词很多，纳兰容若、秦观和晏几道的几首堪称

经典。晏小山的《蝶恋花》是这样写的："喜鹊桥成催凤驾，天为欢迟，乞与初凉夜。乞巧双蛾加意画，玉钩斜傍西南挂。　分钿擘钗凉叶下，香袖凭肩，谁记当时话？路隔银河犹可借，世间离恨何年罢？"

写七夕的诗词，大多是借神话传说中的牛郎织女鹊桥相会的故事，来比喻人间的爱恨情愁。黄景仁的这首诗也不例外。

"桂堂寂寂漏声迟，一种秋怀两地知。羡尔女牛逢隔岁，为谁风露立多时"，诗的前四句，先从景物写起，以景牵出人内心的情态。

"桂堂"，装饰华美的厅堂。这个词，在李商隐的诗里常常出现。"漏"，计时用的器具。这句"桂堂寂寂漏声迟"，我觉得是黄景仁的想象，也可以说是虚构。在他的脑海中，表妹住在富贵之家，因为心里还想着他而觉得寂寞，甚至是煎熬。在他看来，他的表妹仍然还爱着他、想着他。

"一种秋怀两地知"这句，是写两个人相互思念。有人认为，其实这个时候他的表妹已经不爱他了，在我看来，可能事实刚好相反。这句颇像李商隐的那句"心有灵犀一点通"，当是对双方情感的刻画。那么一种秋怀到底是什么呢？我认为是思念，是因为思念而产生的寂寞和孤独。

这句可以这样意译：虽然我们被隔在两地，但我们都一样在这个七夕的夜晚想着念着对方，并因为想着念着对方而觉得无比孤独和寂寞。东西两地，却是一种秋怀。黄景仁是想告诉我们，他们虽然已经有了难以逾越的距离，但仍然一心一意地爱着彼此。

这样的夜晚，念着一个人，不过就是时光的沧桑，无非就是时光里的一次悄然回眸，在午夜梦回的时候，恍惚自己思念的那个人就在眼前，眉目清晰，只是内心的痛楚，瞬间被放大，升起无尽的遗憾和绝望。秋水易逝，一心永记。

百转千回之后，你仍然在我心上彻夜缠绕。镜里年华，斑白了头发，冷月秋风中照亮一扇渐渐关闭的窗户，此时，情缘这两个字显得多么柔弱，让人怜惜。人已经隔远，一身清霜后，换来的只是遍体鳞伤。

"羡尔女牛逢隔岁，为谁风露立多时"，这两句，是对她表妹生活的羡慕吧。黄景仁大半生流离，日子过得甚是穷困。

"尔"，应该是你的意思。"隔岁"，隔一年。这两句可以这样意译：你和你的丈夫，虽然像牛郎和织女，但你们一年还能见上一次，可是，我独自站在深秋的风露之中，到底是为了谁呢？

这句"为谁风露立多时"跟"为谁风露立中宵"意义相近，一样都是一心一意地深情付出，隔着距离，无数次地呼唤，声嘶力竭却没能得到回答。

"心如莲子常含苦，愁似春蚕未断丝。判逐幽兰共颓化，此生无分了相思"，后四句，是抒情。千般想万般怨，也不过是尘缘如梦而已。

"莲"，"怜"也，"爱"也。"丝"，乃"思"的谐音。"莲子"，即"怜子"。这句"心如莲子常含苦"，写的是内心的思念之苦。"心如莲子"这个词，用得相当的形象。莲心清苦，满是伤痕。

"愁似春蚕未断丝"句，化用了李商隐"春蚕到死丝方尽"之意。在李商隐这里，春蚕到死才能丝尽，黄景仁和他同样深情，对于那场铭心刻骨的爱，一生都无法彻底忘却。

这两句合在一起的意思是：你仍然还站在我的心里，没有移动过半步。我还爱着你，但因为爱你，我的心无比悲苦。我多像那春蚕，到死丝方尽，仍然还在无休无止地思念着你。

"判逐幽兰共颓化，此生无分了相思"，这两句是感叹。"判"，应该是

舍弃的意思。"逐"，应该是追赶的意思。"幽兰"，兰花的一种。

最后两句的意思是：我会舍弃一切去追寻我们纯洁的爱情，纵然我们的爱情会像美丽的幽兰一样，随着时光慢慢地凋落、褪色。既然此生我无缘牵起你的手，与你共老，那么，亲爱的，还是忘了我吧！就像食指的一首诗《还是干脆忘掉她吧》写的那样："还是干脆忘掉她吧，/乞丐寻不到人间的温存，/我清楚地看到未来，/漂泊才是命运的女神……"

还是忘了她吧。这乞丐一样的命运，只能让他继续漂泊。

其实，这是对他表妹的体贴。耗尽心血去爱一个人，已经没有意义，还不如彻底放手，这样也许可以让彼此都活得更好。